Dem Menschenfreund
Dr. Horst Malsch gewidmet.

Peter Böttger

ALBERT STIER

Erzählung

Peter Böttger © April 2013 dritte Auflage
Herstellung und Verlag: BoD - Books on Demand, Norderstedt
Satz: Autor
Umschlagsgestaltung: Autor
ISBN 978 384 825 870 3

Vorwort

Diese Erzählung führt in die Vergangenheit. In der zweiten Hälfte des 19. Jahrhunderts hatte das deutsche Handwerk Anteil am Aufschwung der Industrie. Dieser beschleunigte sich noch nach der ungeheuren Reparationszahlung Frankreichs an das 1871 ausgerufene Deutsche Kaiserreich. Vom Zunftzwang seit Anfang des Jahrhunderts befreit, verbanden sich die Handwerker in Innungen und lebten manche Tradition weiter. Gegenseitige Hilfe, genossenschaftliche Organisation, zum Beispiel im Einkauf und beim Schlachten, gegenseitige Kontrolle, Regeln und Achten auf die Reputation ihrer „Zunft" gab es weiterhin in der neuen Gewerbefreiheit.

Moral und Ethik im ordentlich ausgeübten Fleischerhandwerk, die gelebte Verantwortung vor dem Kunden, der Respekt vor dem Tier, Sorgfalt und Liebe in der Arbeit bilden hier einen Rahmen. Ich selbst lernte bei einem Meister, der mich dieses eher durch Handeln als durch Reden lehrte. Der heute anzuprangernde industrielle Einsatz beliebiger Arbeitskräfte mit ein paar angelernten Handgriffen zum Zwecke der Gewinn-Maximierung wäre ihm noch wie ein Kapitalverbrechen vorgekommen.

Überkommene und überlebte Vorstellungen von dem unerbittlichen Regime des Familienoberhauptes und Meisters waren bis in das letzte Jahrhundert verbreitet. Hinter den bürgerlich-biederen Fassaden vieler Handwerkerhäuser verbargen sich Brutalität, Gewalt und Kummer. Der Haushaltsvorstand konnte sich im Zweifel sogar auf das Gesetz berufen.

Unser Protagonist war ein Könner seines Faches. Er war beherrscht von dem Zwang zum Erfolg. Fleiß und Streben brachten ihm Geld ein. Der Drang nach Anerkennung im etablierten Bürgertum und die auch davon herkommende Gier nach *mehr* machten ihn hart gegen Alle und Alles. Aber die Zeiten änderten sich. Er fing in einer anderen Gesellschaft an, sich zu erkennen und plötzlich spürte er Reue, Kummer und Schmerzen.

Für wertvolle Hinweise bin ich dem Autor Heinrich Keim aus Kassel und Dr. Jochen Cailloud, Dresden, dankbar. Meinem Freund und Berufskollegen, Ing. Hans-Peter Wolf, Glauchau, danke ich für das „Gegenlesen".
Auslöser, endlich zu schreiben, was ich lange zurück gestellt habe, war der Fund eines gut benutzten Taschenkalenders. Sein Titel:
„Deutscher Fleischer-Kalender 1897
Taschenbuch für das gesamte Fleischergewerbe"
Es ist die Ersterscheinung des Verlages „Schulze & Co. Leipzig Querstraße 35"
Über die Pferde-Pflege wird dort im Anhang genauso unterrichtet, wie über Sozialgesetzgebung, Einkommens- und Gewerbesteuern, Schätzen des Schlachtgewichtes, Schlachtausbeute, Münzen, Maße und Gewichte, Gesetz über den unlauteren Wettbewerb, ein „Amtliches Gutachten des Kaiserlichen Gesundheitsamtes" und so weiter.
Wie Albert Stier mit alldem umging, werden wir sehen.

Peter Böttger   Dresden, im Dezember 2012

Albert Stier

Umarmt hatten sie sich noch nie. Jetzt aber fielen die Tränen des Alten auf den Reichsadler an der feldgrauen Uniformjacke. Die des Sohnes rollten auf die Schulter einer schwarzseidenen Weste.

Als er den Vater zuletzt gesehen hatte, musste er noch nach oben schauen. Und jetzt: „So klein und schlank." dachte er. „Die Stoppelhaare weiß, der Kaiserbart gestutzt."

Als Kind und Heranwachsender kannte er nur Angst vor dem Vater. Denn der ordnete den Sohn von klein an in die Reihe derer, die zu befehligen und zu maßregeln waren. Wuchs sich sein Unmut zur Wut aus, gab es harte Schläge.

Karl Stier stand überraschend bei seinem Vater Albert vor der Tür. Der erkannte ihn nicht und fragte: „Ja, was ist?" Dann schien es als wäre ihm schwindlig. Er hielt sich am Türpfosten fest, sah nach unten. Er musste sich sammeln. „Ist das jetzt möglich?", dachte er, ehe er den Kopf hob und fragte: „Karl?" Dann tasteten sich beide Männer langsam vor und hielten sich schließlich im Türrahmen umschlungen.

In der Kompanie Karls, gerade aus Frankreich in die Garnison verlegt, wurde gemunkelt, es gehe bald gen Osten. Was ihm seit langem auf der Seele lag, wollte er nun in diesem kurzen Urlaub hinter sich bringen:

Die Aussöhnung mit dem Vater.

„Komm erst mal rein."

Jetzt stand er dem ehemals Vielgehassten gegenüber, in dieser „guten Stube", nur war es ein anderes Haus als damals. Das Bild, „Hindenburg und Ludendorff am Kartentisch" war auch noch da und für diese Wand viel zu groß.

Der alte Mann roch nach Zigarre und Rasierseife. So hatte er damals schon gerochen, wenn er nicht gerade aus dem Betrieb kam.

Zu keinem Worte fähig, weinte der Vater leise. Er lehnte sich zurück und schaute seinen Sohn durch die schwimmenden Augen an, wischte sich die Tränen ab, schaute wieder von den Stiefeln an nach oben bis in das braune Gesicht mit der starken Hakennase, auf die gescheitelten dunklen Haare und in die geröteten Augen. Wieder näherte er sich zögerlich und fasste die Arme des Sohnes.

„Wie lange?" fragte er heiser.

„Ich war fünfzehn, jetzt bin ich sechsunddreißig", antwortete Karl. Sein Kinn zitterte, die Stimme auch. Er rang um Haltung, atmete tief und sagte gepresst:

„Einundzwanzig Jahre."

Weinerlich klang, was der Vater sagte: „Mir kommt's viel länger vor. … Hast du Frau und Kinder?"

„Nein."

„Ach Gott, ach Gott. Karl, … Junge", der alte Mann machte Pausen, „ … ich … bin alt … und krank."

Karl dachte einen Moment der Vater wolle damit vorbeugen, weil er eine Auseinandersetzung befürchtete. Doch diesen Gedanken verwarf er schnell. So sah der Alte jetzt nicht aus. Karl Stier verspürte nur Mitleid mit dem, dessen Leben er nur aus knappen Äußerungen der Geschwister kannte. Über Albert Stier wussten fremde Leute in der Stadt Geschichten, von denen er, der Sohn, keine Ahnung hatte.

***

Als Albert Stier am 15.Oktober 1867 geboren wurde, hatte sein Großvater Franz Stier nachts um Ein Uhr dreißig eine unglaubliche Erscheinung. Schon beim Zubettgehen wusste er, dass die Schwiegertochter in den Wehen lag und war sich sicher, dass sein Sohn, Fleischermeister Gustaf Stier, der nun Vater werden sollte, betrunken sein musste, weil er zum Beherrschen der Situation nicht die Nerven hatte. Franz Stier also, Witwer, schon mehrfacher Großvater, aber von lauter Mädchen, erwachte um halb Zwei und fühlte sich von einer wohlig warmen und wunderbar hellen Wolke umgeben. So kurz seine Wahrnehmung war, glaubte er, sein Enkel habe sich ihm gerade als angekommen angekündigt. Wenn das so war, dann musste gerade ein Starker auf die Welt gekommen sein. So hat man dieses Zeichen zu deuten, sagte er sich. An der Geburt eines Jungen gab es bei ihm gar keinen Zweifel.

Und, glaub es oder glaub es nicht, es war tatsächlich um dieselbe Zeit, da die junge Mutter den ersten Schrei ihres Erstgeborenen hörte.

Die Hebamme weckte den Vater recht unsanft. Der wusste nicht genau, wo er gerade war, schüttete sich über der Waschschüssel den Inhalt des Waschkruges auf den Kopf und begriff seinen neuen Status.

Viel Zeit blieb ihm nicht, bei seiner jungen Frau und dem rot angelaufenen Nachwuchs mit dem Kugelköpfchen zu bleiben, denn er musste nach Pfaffroda, wo er eine Kuh kaufen wollte.

Eigentlich war er froh, einen Grund zum Weggehen zu haben. Er wusste nicht, wie man sich als junger Vater zu betragen hat. Gut zwei Stunden Marsch lagen vor ihm und besser war es immer, zeitig vor dem Stall des Bauern zu sitzen, ehe der das Tier vielleicht saufen und fressen ließ, um das Gewicht hoch zu treiben.

Er weckte den Lehrjungen und schickte ihn mit einem Zettel hinaus zum alten Stier, also zu Franz, dem neuerlichen Großvater. Der nahm eine Stunde später den unter der schweren Eingangstür durchgeschobenen Zettel, las ihn und schrie vor Freude laut: „Albert".

Er wusch und rasierte sich und machte sich dann fein. Er bürstete seinen runden schwarzen Hut mit der tellerförmigen Krempe, zog den langen, mit zwei Doppelreihen silberner Knöpfe bestückten Bratenrock an und knüpfte das rotkarierte Tuch so, dass die Schniepel, frisch gestärkt, waagerecht nach links und rechts standen. So war er sein ganzes Leben bei besonderen Anlässen gekleidet gewesen, eben in sächsisch-thüringischer Tracht freier Bauern. Nur die Kniehosen, die schwarzen oder weißen Strümpfe und die Schnallenschuhe trug er seit Jahren nicht mehr. Schmale Hosenbeine und Stiefeletten waren Mode. Er musste schon immer auf sich halten, weil er einen ererbten uralten Gasthof an der Salzstraße führte und als reich galt. Seit die Eisenbahn zwischen Halle-Leipzig und Gößnitz sowie Zwickau über Glauchau fertig war, gab es kein Salz mehr mit Pferdefuhrwerken zu transportieren. Aber Kohlen immer noch die Menge und landwirtschaftliche Produkte auf kürzeren Strecken. Da übernachtete kein Fuhrmann mehr samt Pferden. Natürlich fielen auch die Postkutschen weg. Der Umsatz des Gasthofes mit der Ausspanne ging zurück. Aber der tüchtige Franz Stier glich die Durststrecke allmählich aus, indem er sein Anwesen zum Ausflugsziel gestaltete. Die hohen Kastanienbäume und die Karpfenteiche boten dafür gute Voraussetzungen. Zum Gasthof gehörten Acker- und Weideflächen. Die waren jetzt verpachtet. Seit

Franz Stier Witwer war, fuhr er die kleine Landwirtschaft mit Schweinehaltung zurück. Dafür ließ er Schaukeln bauen, schaffte Pfauen und anderes Ziergeflügel an. In einem Käfig an geschützter Wand turnten zwei Äffchen. Das war eine Attraktion in der Gegend.

Er war wetterkundig und stellte auch hier und da ein Horoskop, aber nie für Gäste. Stiegen damals, als es die Eisenbahn noch nicht gab, interessante Reisende bei ihm ab, war er geschickt im Gespräch und lernte immer etwas Neues. Aber auch unter den Fuhrleuten gab es welche, die für ein ersprießliches Gespräch gut waren. Wie schon sein Vater ließ er sich Zeitungen und Bücher mitbringen. Man war beim Stier immer bestens informiert.

Er hatte gut gefrühstückt und lobte die Magd wegen des perfekt gekochten Eies. Das hatte sie lange nicht erlebt und fragte, was denn der Grund für die gute Laune wäre.

„Albert, mein neuer Enkel."

Sie klatschte in die Hände und gratulierte ihm. Dabei dachte sie an Walter, den Hausknecht.

Der war schon damit beschäftigt, den Einspänner anzuspannen. Moritz, der junge braune Wallach aus dem Sächsischen Warmblut, scharrte ungeduldig und blies seinen Herrn warm an, als er das Stückchen Zuckerhut zermalmte. Dem Kellner wurde die Gaststube überantwortet und auf einem Zettel stand, was die Köchin vorzubereiten hatte. Um die Zimmer hatte sich der Walter zu kümmern. Der Betrieb würde funktionieren.

Bei schönem Herbstwetter und in kühler Morgenluft rollte das leichte Fahrzeug mit kernigem Geräusch auf der neuen Pflasterstraße in die Stadt. Das Pferd reckte den Kopf und schlug das Pflaster im Takt. Da grüßten die Leute den stattlichen Mann auf seinem spritzigen Wagen, und einige

Handwerkerfrauen, vor den Ladentüren fegend, wussten schon Bescheid. Sie winkten besonders eifrig und lachten. Die großbusige Milchfrau an ihrem Handwagen tat als wiegte sie auf ihren Armen ein Kind. Franz Stier dankte lachend und knallte mit der Peitsche.

Selma Stier, die junge Mutter im Wochenbett, freute sich sichtlich über den Besuch des Schwiegervaters, und der begrüßte sie mit einem Kuss auf die Stirn. Aber sofort wandte er sich dem Körbchen zu und betrachtete seinen Enkel. Der große alte Mann hatte noch zwei Tränen übrig, die widmete er dem Kleinen vor lauter Glück. Dann hob er die kleine Matratze samt Wickelkind an und legte einen Pfennig darunter. Ha, es hätte auch ein Goldstück sein können, aber nein, der Brauch verlangte einen Pfennig, damit der neue Mensch im Leben immer gut versorgt sein sollte.

„Dafür werde ich sorgen", dachte der Großvater und sagte: „Also, Selma, danke, dass ich endlich einen Kerl hab' neben den ganzen Schlitzhasen. Und Albert heißt er, wie mein Vater, ich dank' Dir."

Selma lachte und hielt sich dabei den Bauch fest.

Franz setzte sich auf die Bettkannte und tätschelte die kräftige Hand seiner Schwiegertochter.

„Na und, was sagt der Herr Papa?"

„Der war froh, aber er musste doch fort, die Kuh holen."

„Und, wie ist er sonst so zu dir? Packt ihn der Jähzorn noch manchmal? Sag mir's, ich red' ihm in's Gewissen!"

„Nein nein, zu mir ist er gut."

„Zu *dir* - aber…?"

„Neulich muss was im *Eckbrettl* gewesen sein, er war vom Stammtisch ganz schnell wieder da." Selma sagte dem Vater nicht, was ihre Freundin Martl, die Wirtsfrau, erzählt hatte:

Die Gaststube war voll gewesen. Der Tischler Loose hatte zum Stammtisch hin gerufen: „Wo ist denn heute euer Stier? Ob vielleicht seine Kuh schon kalbt?" Der gerade eintretende Fleischermeister Stier hörte beide Sätze. Der Tischler krachte mit gebrochener Nase samt Stuhl zwei Meter weiter zu Boden. Stier rieb seine Knöchel und verließ die Kneipe. Als Loose krakeelte, das werde eine teure Klage, fand er nicht einen Zeugen. Wer etwas gesehen hatte, sagte, er, der „Holzwurm", wäre plötzlich auf unerklärliche Weise vom Stuhl gefallen. Ein Innungskollege Stiers empfahl ihm, schnell heim zu gehen, damit ihm nicht noch mehr passiere.

Selma ließ diese gedankliche Abschweifung beiseite und schaut zum Schwiegervater auf.

Der fragte: „Du weißt nichts Genaues?"

„Nein, er erzählt nichts."

„Hoffentlich vergrault er euch nicht die Kundschaft."

„Nein, das glaub' ich nicht. Der Laden geht gut. Wir schlachten jede Woche 6 Schweine, ein Kalb, manchmal zwei und mit Pfau zusammen ein Rind. Und gut ist, dass wir deine Küche beliefern dürfen", sagte die junge Frau.

Sie sah auch seine feuchten Augenwinkel. Da musste sie an das vorhergehende Jahr denken, als Wilhelm, der ältere Bruder ihres Mannes, bei Königgrätz gefallen war und der Vater viel geweint hatte.

Wilhelm sollte als Ältester den Gasthof übernehmen. Aber der irrsinnige Krieg zwischen Österreich und Preußen durchkreuzte auch diese Lebensplanung. Franz Stier konnte dem König Johann von Sachsen nicht verzeihen, dass er mit Österreich gegen Preußen gegangen war und ihm seinen Sohn weggenommen hatte. „Die Sachsen schon wieder auf der falschen Seite, wie Dreizehn mit dem Franzos zusammen", haderte der Gastwirt immer wieder.

Er dachte an jenen Tag, als wildes Pferdegetrappel zu hören war, ein Offizier in die Gaststube stürmte und laut die Einkehr seiner Majestät des Königs in allernächster Kürze ankündigte. Mindere Gäste hatten hinten hinaus zu verschwinden, die am Honoratiorentisch sollten Haltung annehmen, was augenblicklich geschah. Einzig der Wirt habe auf Fragen zu antworten und nie die korrekte Anrede bei jedem Satz zu vergessen. Die Kutsche hielt, die Tür öffnete sich und der König trat interessiert blickend und lächelnd ein. Franz Stier verbeugte sich tief. Der König fragte, ob es wahr sei, dass hier unter dem Stammtisch ein Grenzstein aus alter Zeit zu sehen sei.

„Majestät brauchen sich nicht zu bücken, der Tisch wird weggeräumt." Der König musste über diese Einfalt lachen. Sechs Männer hatten Mühe das Eichenmöbel beiseite zu setzen. Und da war der Stein.

Hier verlief die Grenze zwischen den sächsischen Albertinern und den thüringischen Ländern der Ernestiner. Ein ganz Genauer hatte die Grenze längs durch das Haus gezogen, weil es die Trigonometrie in der Landschaft so verlangte. Der König besah sich die Wappen, die keiner Witterung ausgesetzt gewesen waren, daher plastisch scharf auf den granitenen Flächen standen. Er sagte: „Gut, dass der Schanktisch in Sachsen steht, so bezahlt Er seine Steuern an Uns."

„Zu Befehl Majestät, die Küche ist auch in Sachsen", sagte Franz Stier, worauf abermals gnädig gelacht wurde. „Und wo müssen die Leute hin, ... Er versteht?"

„Majestät, da muss man nach Thüringen." Auch die Offiziere lachten mit.

An dieser Stelle war der etwa 14-jährige Wilhelm ohne Scheu aus der Küche in die Gaststube gekommen. Er stellte sich neben seinen Vater und machte verdutzt einen Diener, als er die prächtige Uniform sah. Der König winkte nach hinten, erhielt etwas in die behandschuhte Hand gedrückt, und das gab er dem Jungen. Es war ein Zwei-Mark-Stück in Silber. „Du wirst bald Soldat bei mir, so gut gewachsene Burschen brauche ich!" Sagt es, nickt dem Wirt zu und macht kehrt zur Tür hinaus.

„Zwei Mark gegeben, das Leben dafür genommen." Wie viele Male hatte Franz diesen Spruch gesagt oder gedacht. Die Wunde war ein Jahr alt. Sie schmerzte immer noch sehr.

„Vater, wo bist du denn?"

Jetzt schaute Franz Stier seiner Schwiegertochter ins Gesicht und fragte:

„Wollt ihr nicht doch den Gasthof?"

„Ach, ich wäre keine gute Wirtin, und Gustaf ist nicht für den Umgang mit vielen Leuten gemacht. … na du weißt doch; er wird zu schnell fuchtig." Nebenbei dachte sie, dass er diese Eigenschaft nicht vom guten Vater Franz haben könne. Franz Stier nickte und sah es eigentlich auch so. Nur dass die geborene Meisterstochter keine gute Wirtin abgäbe, das stritt er ab. „Du hast deinen Laden von Anfang an im Griff. Deine Kunden haben dich gerne. Da würde auch eine freundliche Wirtin draus."

Dann dachte er an sein Vorhaben, den Gasthof zu verkaufen und sein Geld „arbeiten" zu lassen.

Sohn und Töchter wie auch die Herren Schwiegersöhne sollten einmal staunen bei der Testamentseröffnung. Die

Auskunft über diesen Doktor Falkenhorst aus Leipzig war günstig ausgefallen. Der Rechtsanwalt vermittelte sehr gute Finanzgeschäfte.

„Und was ist denn nun mit dem Laden, wenn du jetzt nicht kannst?"

„Die Innung, also zwei Meistersfrauen helfen mir abwechselnd." Selma nannte bekannte Namen. „Und unser Ladenmädchen macht sich auch schon ganz gut."

Das Dienstmädchen kündigte Besuch an. Zwei Nachbarinnen kamen zur Wöchnerin um Glück zu wünschen. Die eine brachte ein Hühnersüppchen, die andere ein gebratenes Täubchen, warm natürlich. Das war alter Brauch so.

Als das zweite Täubchen, von der Innung arrangiert, angekündigt wurde, erhob sich Franz Stier und überließ die Frauen ihren Lobpreisungen des neuen Erdenbürgers und sicherlich auch dem intimeren Erfahrungsaustausch.

Dem Gustaf Stier, der sich spontan als Boxer betätigt hatte, reichte der Obermeister auf der nächsten Innungsversammlung ein als Urkunde aufgemachtes Blatt. Mit altfränkischen Zunft-Floskeln rügte ihn die Innung, weil er sich in der Öffentlichkeit gewalttätig aufgeführt habe, zum Schaden des Ansehens einer wohlgerechtsamen und hochlöblichen Fleischer-Innung. Zur Strafe habe er fünfzig Liter gutes Bier und fünf Flaschen geist- und magenförderlicher Getränke bei der nächsten Versammlung zu stiften. Es stehe ihm frei, diese Buße mit dem Essen zur Feier der Geburt seines Sohnes Albert bei den Innungsbrüdern zu verknüpfen.

Bei allem vordergründigen Spaß sprach aus diesem Schreiben auch mahnender Ernst.

***

Harte Schule

Der kleine Albert wurde grade sechs Jahre alt, da lag die Mutter mit dem zweiten Schwesterchen im Wochenbett. Albert bat, die Mama solle ihm doch nur einmal das Bein zeigen, in welches sie der Klapperstorch gebissen hätte. Die Mutter lächelte matt und bewegte den Kopf schwerfällig verneinend. Die Hebamme war noch einmal gekommen. Die Frau mit dem untrüglichen Gespür und altem Wissen schickte nach Sanitätsrat Pfefferkorn. Als der erschien, wurde Albert hinaus geschickt. Die Augen der Mutter schauten aus dem wächsernen Gesicht unsagbar traurig hinter dem Söhnchen her.

Albert, das Kind, verstand, was das bedeutet: „tot" sein. Denn auf keinen Zuruf, auf kein Streicheln, nicht einmal auf sein erschrecktes Rütteln wandte sich ihm die Mutter zu. Da war kein warmes Leben mehr. Der Vater weinte, alle weinten, Albert stand und war allein. Der Vater, nur mit seinen eigenen dumpfen Gedankenwust aus Schmerz und Sorge um das Wie-weiter beschäftigt, kam nicht darauf, ihn in den Arm zu nehmen. Als Albert endlich neben den Vater trat und dessen Hand nahm, strich der ihm ein paar Mal über den Kopf.
Erst der herbei geeilte Großvater Franz setzte sich den Enkel in den Schoß und weinte mit ihm. Er sprach vom lieben Gott im hohen Himmel, wo die Mama, also ihre liebe gute Seele, nun sei.
„Wenn der Opa das sagt, dann stimmt das."
So fühlte das schluchzende Kind, zumindest ein wenig beruhigt. Die dreijährige Schwester Ulrike hatte man zu Nachbarn gebracht. Sie begriff noch nichts und fragte in

den nächsten Tagen pausenlos nach der Mama. Das Neugeborene, später auf den Namen Frieda getauft, kam durch Vermittlung der Hebamme zu einer Amme am Rande der Stadt, wo es genährt werden konnte.

Der Tag der Beerdigung der Mutter, drei Tage nach ihrem Sterben, war für Albert unbegreiflich. Diese Endgültigkeit, der Abschied für immer, das Verlassensein, dass es keinerlei Hoffnung mehr gab, dass kein Versehen der Natur vorlag, das alles wurde ihm schrecklich bewusst, als der Sarg geschlossen wurde.

Viele Menschen begleiteten den Trauerzug zum Friedhof. Der Pastor redete so arg lange. Völlig unverständlich war, was er sagte. Dann warf er mit einem Spruch Sand in die Grube, und viele Leute machten das mit der kleinen Schaufel nach, warfen auch Blumen hinunter. Viele drückten dem Vater die Hand, irgendetwas murmelnd. Ganz viele weinten und streichelten ihn, den Kleinen.

Der Vater sagte zu dem und jenem:

„ Sie kommen doch mit" oder „Du bist eingeladen."

„Wozu" dachte der kleine Junge.

Dann wusste er es. Eine große schwarz gekleidete Gesellschaft begab sich hinter dem Vater, dem Großvater und ihm schreitend zum Hotel Hertel.

Dort waren zwei große Tafeln für den „Leichenschmaus" gedeckt. – Für viele Jahre galt Albert dieser Ausdruck als unsagbar, wegen seiner perfiden Doppeldeutigkeit und weil das „Schmausen" doch eigentlich im Zusammenhang mit Spaß und Freude passiert. „Wie können die schmausen, wenn meine Mama gestorben ist", lautete die eher im Unterbewusstsein des Kindes angesiedelte Frage. Und dann kam der Moment, wo Albert seinen Großvater an der

Hand fasste und zu gehen wünschte. Zigarrenqualm, Bier-
dunst, Geklapper des Geschirrs, abgelegte Gehröcke, auf-
geknöpfte Westen und das Schlimmste, die Leute redeten
von tausenderlei Sachen, nur nicht von seiner Mama, nein,
sie lachten sogar. Das verstörte ihn ungeheuerlich. Der
Großvater verstand sofort, und sie machten sich davon. In
das Haus ohne Mutter wollte Albert nicht. Da fuhren Sie
zum Opa.

Nach einem Jahr kam die neue junge Mutter ins Haus.
Auch sie entstammte einer Fleischerfamilie. In das Geschäft fügte sie sich ohne weiteres, und auch den Haushalt
schmiss sie locker. Für Albert zeigte sie erst kein Interesse
über die Anordnungen von Reinlichkeit und Ordnung hinaus, und als er begann, eigene Meinungen zu haben, wies
sie ihn ab. Ihr Ton ihm gegenüber war nicht anders als der
an den Lehrling gerichtete. Als sie eine eigene kleine Tochter bekam, galt ihre Zuwendung allein dieser.
Alberts Schwestern fanden bei der Stiefmutter nur wenig
mehr Beachtung, sie gingen daher stets Hand in Hand,
spielten still miteinander und krochen jede Nacht zusammen in einem Bett.

***

Albert war ein guter Schüler, im Rechnen der Erste, so
dass wir acht Jahre überspringen dürfen. Das Kind war
weitgehend sich selbst überlassen geblieben. Der Vater
arbeitete von früh bis spät. Häufig ging er abends in die
Kneipe. Die Stiefmutter sah bei Albert nach Ohren, Hals
und Fingern und legte Wäsche bereit, wenn das nötig war.
Spielkameraden durfte er nicht mitbringen und aus dem

Haus zu gehen, erlaubte man ihm selten und unter genauen Auflagen.

Nach der Konfirmation, Palmarum 1881, begann der Junge bei seinem Vater das Handwerk zu erlernen. Er war eher klein aber kräftig und hatte vom Zusehen sowie bei kleineren Hilfeleistungen schon gutes Vorwissen und einige Fertigkeiten erworben. Den Vater redete er mit *Vater* an und die Stiefmutter mit *Meestern*. Neu war, dass er nun am Sonntag den alten Großvater Franz besuchen durfte, der sich stets für ihn Zeit nahm. Längst war nämlich ein Neffe des Großvaters mit seiner Frau eingezogen, die beide unter der Leitung des Alten den Gastwirtsbetrieb erlernten und die feste Absicht hatten, ihn zu pachten, wenn nicht zu kaufen.

Dem guten und weitsichtigen Franz Stier war der Aufschwung, den das Fleischerhandwerk zu seiner Zeit nahm, nicht entgangen. In den zahlreich angesiedelten Metall- und Textilbetrieben verdienten oft Mann und Frau zusammen. Sie konnten sich Fleisch leisten.

Dass es immer noch Kinderarbeit in den Baumwollspinnereien und Webereien gab, darüber wurde von den Bürgern gerne hinweg gesehen.

Franz Stier sorgte für seinen Sohn Gustaf, nachdem der ältere Wilhelm als Erbe des Gasthofes feststand. Er kaufte dem jüngeren Sohne das Haus mit dem gerade brachliegenden Fleischerladen und erwirkte auch die Gewerbegenehmigung. So war mit dem vorgezogenen Erbteil der Anfang für Gustaf erleichtert gewesen. Pacht oder Miete hatte er nie zahlen müssen. Weil seine Wurst gut war, weil er beim Vieheinkauf die Tiere sorgfältig auswählte, also gutes Fleisch verkaufte, wuchs die Kundschaft schnell.

Bei seinem letzten Besuch fand Enkel Albert den Großvater in schlechter Verfassung vor. So müde und traurig
hatte er ihn noch nie gesehen. Mit dem Franz Stier ging es
ab diesem Zeitpunkt bergab, und mit großer Anteilnahme
der Menschen aus Stadt und Umland wurde er im Herbst
1882 beerdigt. Alberts Trauer war eine komplizierte Sache.
Seiner Jugend gemäß lachte er im Tagesverlauf über irgendetwas, aber plötzlich wurde er traurig, wunderte sich, dass
er hatte lachen können. Redeten ihn die Eltern an, verlang-
ten dies oder das und zwar sofort, so wurde er aufsässig
und bekam Wutausbrüche. Durch Zurechtweisung vom
Vater oder von der Stiefmutter steigerte sich sein innerer
Aufruhr. Albert empfing von seinem Vater Schläge, in das
Gesicht, in den Nacken und mit der Ochsenpiepe auf den
Rücken.
Die Atmosphäre in der Familie Gustaf Stier war nicht gut.

Warum der geliebte Großvater so plötzlich zusammenge-
fallen war, erfuhr Albert von seinem Vater erst als Erwach-
sener.

Richard

Richard Armack hieß der Lehrling, den der Vater annahm, als für Albert das zweite Lehrjahr begann. Sie kannten sich aus derselben Schulklasse, waren etwa gleich alt. Richard wollte schon immer gerne Fleischer werden, aber sein Vater konnte das Lehrgeld nicht bezahlen. Da ging er auf dem Bau. Die Umstände seiner Familie verbesserten sich, und nun fing er eben ein Jahr später an, seinen erwählten Beruf zu erlernen.

Der Meister behandelte beide mit gleicher, oft unangemessener Strenge. Albert versuchte anfangs den „großen" Lehrling zu markieren, kommandierte den „kleinen", obwohl der um Einiges kräftiger war. Aber ganz allmählich verbündeten sich die beiden Jungen. Sie gaben sich Zeichen des Inhalts „Achtung, er kommt!" oder „Die Luft ist rein." So schritt die innere Abkehr Alberts von seinem Vater allmählich fort, der familiär nur Augen und Ohren für seine junge Frau, das neue Kind und die kleinen Töchter hatte.

Spaß hatten die Jungen eine Menge. Auf dem Boden über dem Eiskeller sprangen sie aus dem Dachstuhl von hoch oben in die zum Räuchern gebunkerten Buchen-Sägespäne. Beim Abholen der Schweine vom Bauernhof klauten sie Kirschen, Weizenbirnen oder Äpfel. Bei Häuslern hielten sie an, erschreckten diese, weil das Schwein einen Herzanfall habe und forderten einen Eimer Wasser. Sie hatten in der Berufsschule gelernt, dass man bei großer Hitze auf der Landstraße die Schweine abkühlen soll. Beim Säubern des Schlachthauses nach der gemeinschaftlichen Rinderschlachtung im Betrieb des Obermeisters schoben sie die herumliegenden Rinder-Gallen zusammen. Wenn es gelingt, die

schlüpfrige Galle zwischen Stiefelabsatz und Sohle einzu-
klemmen und der schlauchartige Gallenausgang ungefähr
gerichtet werden kann, so tritt man zu, und bei einiger
Übung trifft der dunkelgrüne Strahl einen der Anderen.
Wenn dann ein Meister oder Geselle hinzukommt, setzt es
große Maulschellen.

Im Winter war die Kälte in allen Arbeitsräumen oft voll
präsent, wenn kein Kessel geheizt werden musste. Abwechslung brachte das „Eismachen". Erfahrene Männer
halfen dabei, auf Teichen Eisblöcke in Form zu sägen, die
dann im Eiskeller an den Wänden ringsum gestapelt wurden. Sie hielten bis weit in den Sommer, wenn darauf geachtet wurde, die dicken Türen in der Schleuse und nach
draußen nicht zu oft zu öffnen und wenn, dann waren sie
ruck zuck wieder zu schließen.

Ein Schwein oder ein Kalb holten sie mit einem Hunde-
gespann beim Bauern ab. Die Ziehhunde waren Bernhardi-
ner-Mischlinge, selber so groß wie Kälber. Sie waren vor
dem Kauf schon ausgebildet und ziemlich ruhige, folgsame
Haustiere. Der Sattler hatte schönes Geschirr gemacht, das
alle drei Monate zu putzen und zu fetten war. Es wurde
den Jungen eingeschärft, sich auf dem Hinwege nicht in
den Wagen zu setzen, weil die Kräfte der Hunde damit
schon zu sehr in Anspruch genommen würden. Zumindest
auf abschüssigen Wegen übertraten die Burschen dieses
Gebot natürlich. Sonst übernahm den Schweinetransport
ein Fuhrmann mit Pferden.

Das lange, schmale Grundstück der Stiers war u-förmig
bebaut und hatte an der Hinterseite eine Zufahrt. Beschattet von den rückwärtigen Mauern einer Garn-Spulerei lag
dort ein recht vernachlässigter Garten mit einem Apfel-

baum. Dann kam linker Hand ein sogenannter Schauer mit dem Hundezwinger, zwei niedrigen Schweineställen und zwei Klohäuschen. Auf den Ställen lagerte das Buchenholz zum Räuchern. Das kleine Schlachthaus folgte, daran schloss sich der Eiskeller an, über diesem befand sich der schon erwähnte Späneboden, nur mit Leiter zu erreichen. Gegenüber im schmalen Hof gelangte man zur Wurstküche. In Richtung Hinterausgang lehnte sich das Waschhaus daran.

Das Wohnhaus mit dem Laden war im Erdgeschoss aus Bruchstein gebaut. Darauf ruhte das Fachwerk des Obergeschosses. Die Ausfachung bestand aus groben Eichenriemen, Lehm und Stroh. Die Straßenfront war mit grauem Kratzputz verkleidet. Das spitze Satteldach, vorn und hinten mit drei Gauben, war mit Schiefer gedeckt.

Die Wurstküche bestand eigentlich aus zwei Räumen, hatte aber einen breiten Durchgang. Links standen zwei gemauerte Kessel und zwei Rauchkammern sowie eine Arbeitstafel. Rechts standen die beiden Wiegeblöcke, ein Hackstock und die große Tafel zum Zerlegen. Eine Wand war mit der Hängeschiene für Schweine-Hälften, Rinder-Viertel und Kälber ausgerüstet.

Waren montags die Borstentiere eingestallt, damit sie sich vor der Schlachtung am Dienstag erholen konnten, so lauerten vielfältige andere Arbeiten. Der Laden war am Vormittag geschlossen, weil die Leute ihre Reste vom Sonntag zu essen hatten. Aber „blauer Montag" fand nicht statt. Es musste Holz gehackt werden, die über Sonntag getrockneten Lederstiefel wurden geschmiert. Dann galt es Därme als künftige Wursthüllen zu binden, das heißt, ein Ende mit Wurstgarn dicht abzubinden und mit einer Schlaufe zum

Aufhängen zu versehen. Für den Laden musste von schweren Rollen Papier zum Einwickeln geschnitten werden. Von Drei bis Sechs Uhr am Abend war Berufsschule. Der Obermeister lehrte Fachkunde, ein Realschul-Lehrer übernahm Rechnen und Deutsch.

Albert brachte dem Richard das Saubermachen von Grund auf bei. Er sagte eingangs zu ihm:

„Ich war mal im Laden von … und da roch es sauer. Da wusste ich, die können nicht saubermachen und sind Dreckschweine. Wenn die Schneidebretter, die Dielen nicht jeden Tag gescheuert werden, der Hackstock nicht gekratzt wird, fangen die an zu stinken. Unseren Laden machen unsere Mädchen reine. Wir sind hinten zuständig." Die Arbeitstafeln, Mulden, Schüsseln, Geräte, Wände und Böden mussten mit heißem Wasser und Soda gescheuert, gewaschen und mit klarem Wasser abgespült werden. Der Wiegeblock wurde jeden Abend mit einer Bürste gekratzt, die „Borsten" aus Federstahlband hatte. Wenn ein Kunde zum Ärger der Mannschaft abends noch „Gewiegtes" oder „Hackepeter" haben wollte, gab es extra noch einen kleineren Hackstock. Darauf machte man „Gewiegtes" mit einem Wiegemesser oder „Gehacktes" mit Hilfe von zwei Beilen, die lange Klingen hatten. Ganz edel war „Geschabtes" oder „Schabefleisch". Das schabte man mit einer steil gehaltenen scharfen Messerklinge von der Oberfläche eines schieren Stückes Rindfleisch. Die Wiegeblöcke oder Hackstöcke waren aus Weißbuche gefertigt. Wenn sie, ohne Wasser versteht sich, ordentlich gereinigt, *gekratzt*, sind, haben sie einen Lüster wie helles Wildleder.

Albert kontrollierte anfangs die fertige Arbeit seines „Kollegen". Einmal nahm er Messer, Knochensäge und Beile, schaute genau in die Ecken zwischen Griff und Klinge und kratzte die winzigen Rückstände von Fleisch, Fett und Wiener Kalk heraus.

„Beim nächsten Mal musste das fressen, verstanden?"

Richard verstand, und bald machten die beiden das Saubermachen am Abend zu einem Wettbewerb, wer dieses und jenes Pensum am schnellsten schaffe. Wer konnte mit dem Schwung eines Eimers voll Wasser die größte Fläche freispülen? Unbewusst widmeten sie lästige, aber notwendige Arbeit in Lust und Spaß um.

Und wie schärft man die Messer? Albert schliff auf dem runden nassen Schleifstein, den Richard drehte. Dass die Klinge im Querschnitt etwa wie ein gotisches Spitzbogenfenster aussehen muss, sagte er nicht, aber er machte es deutlich. Denn wenn man die Klinge flach auslaufend schleift, wird sie zu dünn, und die Schneide legt sich bei Widerstand um. Dann zeigte er, wie man das Messer auf dem „Belgischen Brocken" abzieht, den Feinschliff macht. Ach ja, wehe, man lässt diesen als Riegel geschnittenen Stein auf Steinboden fallen, das wird teuer!

Albert belehrte den Richard auch darüber, wie man ein Messer beim Gehen gesenkt hält, wie man es abzulegen hat und dass man es nie verdecken darf, weil man sonst leicht hinein greifen könnte. Ein Fleischer macht mit Messern keinen Spaß, und seine persönlichen Messer darf niemand anfassen, schon gar nicht ausborgen. Richard lernte von Albert, wie die Knochen in der Keule oder im Bug liegen, wo man den Schnitt beim Zerlegen ansetzt, dass man nicht in das gute Muskelfleisch hineinsticht oder schneidet, wie man die „Nuss", die Oberschale und die anderen definierten Fleischstücke an „der Fliese" trennt, jener feinen Haut. (*Faszie* sagte niemand.)

Wie man ein halbes Schwein trägt, oder ein Rinderviertel, ohne dass sich einem Knochen in die Schultern bohren, übten die beiden ebenfalls. Besonders schwierig ist es für den Anfang, eine schlachtwarme Schweinehälfte auf den Schultern zu tragen; je nach Gewicht schwabbelt sie mehr oder weniger, und sie ist rutschig. Die linke oder rechte Hand zur Keule hingewendet muss man zwischen den freigelegten Sehnen am Schweinsfuß hindurch den Haken finden, an dem das Fleisch hängen soll. Dann schlüpft man geschmeidig unter der Hälfte nach hinten weg. Schande, wenn sie herunter fällt!

Richard war helle und wusste, was er an Albert hatte. Er verriet ihm daher, wie man sogar in Holzpantinen Fußlappen verwenden konnte, wenn man sie richtig zu binden verstand. Das hatte er auf dem Bau gelernt.

Andere Lehrlinge traf Albert nur in der Berufsschule. Er hatte keinen Freund darunter und er erklärte sie alle für „Arschlöcher".

Mit Richard war das Verhältnis wie das einer Schicksalsgemeinschaft. Sie freuten sich beide nicht, wenn einer von ihnen vom Meister „herangenommen" wurde.

Obwohl von klein auf daran gewöhnt, nahm Albert sämtliche Düfte, die in der Fleischerei entstehen, ganz bewusst wahr; er liebte die feinen und akzeptierte jene, welche nun einmal entstehen müssen, also eher Gerüche. Nämlich die beim Schlachten, welche da wären: Der Eigengeruch des lebenden Tieres und die dampfende Ausdünstung des Schlachtkörpers, die keinen, welcher damit umgeht, besonders stört. Das ist etwas ganz Spezifisches. Das braucht auch kein Außenstehender zu wissen. Kinder auf dem Dorfe wussten das ganz selbstverständlich.

Musste Albert schlachtwarmes Kalbfleisch für die Bierwurst oder für Würstchenmasse auslösen, entbeinen, dann
empfand er den Geruch als rein, nach Milch duftend.

Ein Wohlgeruch, den keine Hausfrau in ihrem Topf erzeugen kann, entsteht, wenn in einem großen Kessel eine
Menge frisches Schweinefleisch geköchelt wird. Albert und
Richard schauten morgens vor Sechs in der Wurstküche
auf den alten Wecker und prüften mit der großen Gabel,
ob denn das Wellfleisch bald gar sei. Sie hatten ja vor Fünf
schon angeheizt. Nichts geht nämlich über einen Streifen
kesselheißes Bauchfleisch, ein Stück Schweinemaske und
ein Schweinebäckchen mit grobem Salz und Pfeffer be-
streut. Im richtigen Garzustand hat das Fleisch für die
Kochwurst noch Biss und das Fett ist hier und da glasig.
Sogenannte Feinschmecker haben davon nicht die geringste Ahnung.

Durch keine großen sinnlichen, öffentlichen oder höher-
geistigen Ablenkungen beschwert, konzentrierten die beiden Lehrjungen ihre Kräfte auf die Arbeit und lernten
mehr oder weniger methodisch, was sie aufsaugen konnten.
Albert wusste, dass man mit dem Beruf Wohlstand erwerben könnte. Richard hoffte, ihm würde es irgendwann gelingen, die ärmlichen Verhältnisse des Vaterhauses hinter
sich zu lassen. Über solche Dinge konnte man beim Kno-
chenputzen nachdenken. Dabei galt es, die nach dem Entbeinen oder Auslösen haften gebliebenen Fleischreste ab-
zuschneiden und herunter zu schaben. Alte Messer, vom
jahrelangen Schleifen kurz geworden, waren dazu am besten geeignet.

Es muss noch erwähnt werden, dass es dem Richard nicht
leicht fiel, mit der eisenblechbewährten Holzkeule einem
Kalb auf die Stirn zu schlagen. Albert sagte zu ihm, dass es

besser wäre, so stark man könne und mit Schwung zu schlagen, weil sonst das Tier vielleicht nicht betäubt wäre und Schmerzen erleiden müsste. Mit Schweinen hatte der Neue weniger Mitleid. Er lernte, wie man das Schwein an der Stirne beruhigend mit der Stange kitzelt, in deren eiserner Öse ein beweglicher Bolzen sitzt. Mit dem gewaltigen Holzhammer schlägt der Kollege zu und der Bolzen durchdringt die Stirn des Schweines.

Ausgehen gab es für die Jungen in der Woche gar nicht. Sie durften nach dem Abendbrot in der Küche plaudern und um Acht hatten sie in ihren Boden-Kammern zu verschwinden. Alle Kammern unter dem Dach hatte der Meister verschalen lassen. Früher lag der Schläfer unter den nackten Dachsteinen in Hitze oder Kälte.

Sonntags mussten sie abwechselnd in die Kirche gehen. Einer blieb als Helfer im Haus, weil der Laden von 7:00 Uhr bis 8:30 und von 11:00 bis 12:00 geöffnet war. Da wurden neben Aufschnitt selbst kleinste Mengen Hackfleisch oder geräucherter Speck für das Rotkraut verkauft.

Keiner der beiden konnte sich je an den Inhalt der Predigt erinnern, wenn er auf den Kirchplatz heraustrat. Eine Pflichtübung war das für sie, welche die Zeitspanne des einzig freien Tages erheblich einschränkte. Zu Mittag wurde im Hause gegessen, dann durften sie noch einmal bis um Fünf „naus". Albert war froh, nicht mehr mit der ganzen Familie auf Sonntagsspaziergang zu müssen. Wenn er daran dachte, wie er sich in kurzen Hosen und langen Strümpfen, hohen Schnürschuhen und rundem Strohhut brav hinter der Gruppe hinschleppte, fühlte er sich wenigstens von *einem* Zwang befreit. Richard durfte alle zwei Wochen für ein paar Sonntagsstunden seine Eltern besuchen. Manchmal spielte in der Stadt eine Militärkapelle ein Platzkonzert. Da hörten sie gerne zu, und beim Abmarsch schritten sie ein Stück mit Haltung hinterher.

Ein Bier zu trinken war verboten, und die Meisterin ermahnte jedes Mal, die Mädchen achtungsvoll und mit Abstand zu grüßen, Kunden natürlich ganz besonders höflich! Es ist wahrscheinlich, dass die Jungen das alles befolgten.

Der Richard stellte bald fest, dass er sich beim Essen beeilen musste. Der Meister schlang und schnaufte dabei, bewegte die Esswerkzeuge schnell und laut, und wenn er aufstand, war für alle die Mahlzeit zu Ende.

Eines Tages brachte der Richard den Albert auf den Gedanken, dass man Leibesübungen machen müsse, um mehr Kraft zu kriegen. Sein Vater als Weber wäre auch im Turnverein und dränge ihn zum Beitritt. Unbedarft stellten sie sich abends in der Küche vor den Meister hin, und Albert trug die Anfrage vor. „Und im Sommer kann man im Verein Schwimmen lernen", waren Alberts letzte Worte. Die Stirnadern des Allgewaltigen schwollen an, das Gesicht wurde rot und er schrie:

„Ihr macht keinen Schritt zu die Roten, vielleicht wollt ihr auch noch bei die Sozialdemokraten, diesen Landesverrätern! Wehe!" Im Abschwung sagte er noch kopfschüttelnd: „Schwimmen, Mumpitz".

Richard war so schlau, nicht von den Vorstellungen seines Vaters zu sprechen, weil er wusste, der hatte mit dem Lehrvertrag seine „väterliche Zucht" auf den Meister übertragen.

Gustaf Stier bezog sein „Wissen" über Politik vom Stammtisch. Der war vom *Eckbrettl* in den *Gambrinus* verlegt worden, weil immer mehr Arbeiter, meistens Fabrikweber ins Eckbrettl drängten und sich ungebührlich über die „Burschewasie" lustig machten. August Bebel hatte in dieser und der Nachbarstadt seinen Wahlkreis 1871 behaupten können und war wieder in den Reichstag gewählt worden, weil hier seine Partei stark und gut organisiert war. Wilhelm Liebknecht hingegen fiel im Erzgebirge durch, weil er dort nach einer irrsinnigen Anklage noch zu wenig Rückhalt hatte. Beide waren 1870 wegen Hochverrates angeklagt gewesen. Die Sozialdemokraten hatten sich der Genehmigung von 130 Millionen Talern für den Krieg gegen Frankreich widersetzt gehabt. Der Prozess war eine Farce. Aber nur der Begriff *Hochverrat* blieb in den Köpfen der bürgerlichen Provinzler hängen. Die Verknüpfung *Sozi - Hochverrat* war sofort da, sprach jemand von den Sozialdemokraten. Die beiden genannten Politiker hatten ungeachtet dessen in der wachsenden Industriestadt künftig immer volle Säle.

Der Bau von Fabriken, Mietshäusern und Arbeiterhäuschen war nach 1871 mächtig angekurbelt worden und brachte immer mehr Menschen in die Stadt, weil es viel Arbeit gab. Spinnereien, Spulereien, Webereien für Baumwollstoffe und feine Tuche entstanden oder wuchsen. Es gab eine Fabrik für Dampfkesselbau, eine Spirituosenfabrik, eine Senf-und Essigfabrik; Färbereien, Appreturbetriebe, Maschinen- und Armaturenhersteller, eine chemische Fabrik und mehr. Die Stadt hatte bald 25 000 Einwohner.

Albert las Zeitung und war fasziniert von technischen Entwicklungen. Der Obermeister Otto erzählte dem Vater von den interessierten Fragen Alberts in der Berufsschule. Otto sagte zu Gustaf Stier: „Der braucht Futter, lass den an Bücher ran."
Stier beherzigte das und genehmigte den Kauf des Buches

„Illustriertes Thierleben" von einem gewissen Brehm, der in Altenburg auf dem Schloss gewesen sein sollte, und eines dicken Bandes mit ersten Fotos und Lithographien über die Weltausstellung 1867 in Paris.

Selbst las er nicht viel, Bücher gar nicht. Die eigenartige Spannung nahm auch dadurch zu. Der Vater fühlte, dass sein Sohn ihn überflügeln würde, tat aber nichts dafür, sich mit dem Jungen über dessen Wissbegier auszutauschen.

Im kalten Oktober des dritten Lehrjahres von Albert gab es einen unrühmlichen Auftritt zwischen Vater und Sohn.

Wintersalami sollte gemacht werden. Es war ein Sonnabend, der Arbeitsraum war trocken und kalt; das ist für das Gelingen wichtig. Der Meister selbst und Richard standen sich gegenüber an dem großen siebenschneidigen Wiegemesser. Die Klingen schimmerten frisch geschliffen. Sie waren am Bogen über einen Meter lang. Der runde Wiegeblock maß wenig mehr im Durchmesser.

Das mit der Hand vorgeschnittene, peinlich genau von Bindegewebshäutchen und Sehnen befreite, schiere Rind- und Schweinefleisch wurde in der Mengmulde gesalzen, gewürzt und gut durchmischt. Der frische Pfefferduft ist herrlich, er macht fröhlich. Die erste Tranche Wurstgut landete auf dem Wiegeblock. Gut gelaunt sagte der Meister den uralten Spruch her, nach dessen Vierteltakt nun das Wiegemesser zu schaukeln war:

„Wenn der **Hund** *- mit dem* **Schwanz** *- übern* **Eck**stein **springt**...* "

Alberts nicht geringe Aufgabe war es, die rohe Wurstmasse mit einer speziellen flachen Schaufel aus Lindenholz immer wieder nach innen zu wenden, und zwar dort, wo das übergroße Wiegemesser gerade oben, in der Luft war, also genau an den nicht betonten Stellen des Spruches auf der Seite des Taktgebers. Die drei gingen dabei seitwärts langsam im Kreis um den Block, Albert links neben seinem Vater, eben des Taktgebers. Das Wiegemesser erfasste in kleinen Abständen immer neue Bereiche der Masse. Die Körnung sollte ganz gleichmäßig werden. Nach dem Grade der Zerkleinerung bestimmte der Meister, wann der feste vorgeschnittene rohe Speck hinzugegeben werden musste.

Die drei fanden den richtigen Rhythmus, und jeder blickte scharf auf das entstehende Brät. Nichts durfte herunterfallen. Als Albert auf seiner Runde an die Stelle gelangte, von wo ein Blick in den Hof möglich war, ging draußen Elli, die neue Verkäuferin vorbei. Sie trug eine aparte Hochsteckfrisur und eine mit Rüschen besetzte weiße Schürze über dem prachtvollen Busen. Ein pubertärer Klick im Hirn muss es gewesen sein, welcher das Gleichmaß seiner Bewegungen für einen winzigen Moment störte. - Die Schaufel gab beim Zerknacken ein Geräusch ab, das Albert nie vergessen sollte. Denn im nächsten Augenblick riss ihm der Meister den Schaufelstiel aus der Hand und trieb ihn damit prügelnd in eine Ecke. Dort konnte er nicht ablassen, bis der Sohn mit über dem Kopf verschränkten Armen zu Boden rutschte.

Nachdem die beiden Jungen die Holzsplitter, darunter auch sehr kleine, aus der breit gedrückten Masse heraus gelesen hatten, ging die Produktion weiter. Aber unter mieser Stimmung.

Die fünf Tranchen Brät lagen jetzt beieinander in der eisernen, feuerverzinkten Mengmulde. Nun musste die noch lockere Masse „durchgerieben" werden. Dazu schob man das Brät in einer Hälfte der Mulde zusammen und rieb mit den Handballen nach und nach das Ganze zur anderen Seite, sich gebeugt langstreckend. Es entstand eine Art Rutschbahn auf der Masse, die immer beim nächsten Schub abgetragen wurde. Dann beugte man sich auf der anderen Seite der Mulde tief über das Brät und bewegte alles entgegengesetzt. Das Hin und Her ging so lange, bis die „Bindung" erreicht war. Diesen Zeitpunkt bestimmte der daneben stehende Meister. Er entnahm hin und wieder einen Klumpen Wurstmasse und hielt ihn senkrecht. Wenn schmale Klümpchen nicht mehr in die Mulde zurück fielen, sondern eine gewisse Zeit baumelten, war es gut und der „Reiber" konnte aufatmen. Heute schickte der Meister den Richard zu einer Besorgung weg. Somit war kein Abwechseln bei der schweren Arbeit möglich. Und Albert mit Schmerzen über den ganzen Rücken verteilt, merkte, dass er weiter angetrieben wurde, obwohl das Gemenge gleichmäßig aussah und zäh an Händen und Unterarmen kleben blieb. Endlich sagte der Meister: „Schluss!" Nun wurden runde Ballen aus der Masse geschlagen, immer wieder in die Mulde geklatscht, bis die Luft zwischen den Partikeln herausgearbeitet war. Die Ballen passten genau in den Zylinder der seit kurzem angeschafften Wurstfüllmaschine, auch „Spritze" genannt. Es kam darauf an, genau zu zielen und den Ballen mit großem Schwung und sattem „FFLUPP" in die Spritze zu werfen. Mit der Faust wurde das Bett für den nächsten Ballen bereitet; die Masse musste gleichmäßig, ohne Luftblasen Raum zu geben, an der Zylinderwand anschließen.

Bis die etwa 50 kg Wurstmasse mittels der neuen Maschine durch den Trichter in die festen Rindsdärme gedrückt (gespritzt) und abgebunden waren, fiel nicht ein Wort. Der Meister beließ es bei herrischen Gesten. Auch wenn er auf kleinere Luftblasen unter der Wursthülle aufmerksam machte, die dann durch einen Stich mit einer kurzen Doppelnadel zu beseitigen waren. Jeweils acht Würste wurden auf schwarz geräucherte Holzstangen, die „Spieße", gefädelt. An der Decke der immer leicht warmen Küche gab es zwei Stangen. Darauf mussten die Spieße in gleichen Abständen gelegt werden. Der große Küchentisch für alle Mahlzeiten der Hausgemeinschaft befand sich genau darunter.

Nun konnte die Wurst äußerlich trocknen und innen „umröten". Das bewirkten der dem Salz beigegebene Salpeter, er hatte die Masse erst einmal grau werden lassen, Zucker, Himbeersirup und Bakterien. (Von denen die Meister damals noch nichts wussten.) Die nächste Station war eine kühle Stelle, wo die Würste weiter trocknen konnten, ehe sie in die Räucherkammer mussten, in welcher „kalt" geräuchert wurde. Nachdem die Sägespäne durch ganz leichtes Feuer entzündet sind, werden sie festgeklopft, manchmal sogar etwas befeuchtet, so dass sie nur glimmen und ganz langsam verbrennen. So bleibt der Rauch „kalt". Über drei bis vier Tage oder auch länger, muss das Räuchern regelmäßig kontrolliert werden. Nach dem Räuchern kommt die Salami in den luftigen Dachboden und zu Weihnachten hat sie die richtige „Härte". Frost durfte die Salami jedoch nicht bekommen; das führt zu grauen Rändern. Ganz Wenige wissen beim Essen der Köstlichkeit von der Sorgfalt, welche diese Wurst entstehen und reifen ließ.

Albert beobachtete an seinem Vater seit einiger Zeit Veränderungen in dessen Gebaren. Oft verzog der bei bestimmten Bewegungen das Gesicht, als habe er Schmerzen.

Sein Gang wirkte mitunter vorsichtig. In letzter Zeit machte er Mittagsruhe. Und eines Tages hörte Albert die Stiefmutter sagen: „Hoffentlich ist der neue Geselle so gut, dass du nicht mehr so viel arbeiten musst."

„Wenn die Alten so reden, dann rechnen die gar nicht mit mir als Geselle, weil ich noch nicht alles kann oder weil sie mich nicht leiden können", dachte Albert.

Er täuschte sich. Als billige Arbeitskraft sollte er durchaus noch ein oder zwei Jahre als junger Geselle dienen. Aber es kam anders.

Schon lange vor der Gesellenprüfung las Albert in der „Allgemeinen Fleischerzeitung", wie viele Meister in ganz Deutschland Gesellen suchten. Er begriff, was für Möglichkeiten sich auftaten. Fremde Städte kennenzulernen, den Beruf auszubauen, schien ihm verlockend. Er bastelte an einer Rede, mit welcher der Vater zu überzeugen wäre, dass eine Wanderschaft nicht erst in ein oder zwei Jahren, sondern gleich nach der Prüfung beginnen solle. Er spekulierte, die ungeliebte Stiefmutter könnte dabei zu seiner Fürsprecherin werden, weil sie ihn loswerden wollte.

Albert konnte noch nicht benennen, was ihn fort trieb. Der Drang „Bloß weg hier!" war es nicht allein. Es war auch Fernweh, Neugier, gespannte Erwartung, was in seinem Innern einen Aufruhr verursachte.

Ohne dass Albert etwas wusste, saß sein Vater eines Tages bei Herrn Doktor med. Oskar Pfefferkorn, Arzt und Geburtshelfer wie sein Vater, der alte Sanitätsrat. Der Hochangesehene hatte, bevor er die Praxis seines Vaters übernehmen konnte, als Militärarzt gedient und seine Redeweise dort kultiviert. Er strich seinen Spitzbart, schaute den Patienten ernst an und sagte:

„Herr Stier, Sie haben Gicht und Rheuma. Die Gicht kommt vom Fressen und Saufen, das Rheuma von der vielen Mantscherei und der Kälte in Ihrem Beruf. Das Fressen ist auch für das Rheuma nicht gut und das kalte Wasser nicht für die Gicht. Was machen wir?"

„Nu wie soll ich das wissen, Herr Doktor."

„Konnte ja sein, dass sie schon mal nachgedacht haben. Also hören Sie: Sie essen ab sofort nichts mehr von den Sachen, die auf diesem Zettel stehen, aber die auf dem zweiten Zettel, die müssen Sie essen. Sie trinken Rotwein nur an Feiertagen, ein Glas, und Weißwein gar nicht. Bier… na ja, da sind sich die Gelehrten noch nicht einig. Zurückhalten, verstanden?! Weiter, um schon mal den Zettel teilweise zu zitieren: Keine Innereien, Zunge zählt auch dazu, keine Blut- und Leberwurst, kein Schweinefleisch, in welcher Form auch immer. Das weitere lesen. Gilt alles strikt! Wenn dann nebenbei Ihr Ranzen abnimmt, ist das auch gut für die Gelenke. Und sofort fahren sie nach Bad Elster zu einer Kur für mindestens zwei Monate. Haben sie das?"

„Aber…"

„Nichts *aber*, wenn Sie nicht folgen, suchen Sie sich einen anderen Doktor, steh' ich nicht mehr zur Verfügung, Punktum."

Total geknickt verabschiedete sich der Fleischermeister vom Doktor. Der haute ihm auf die Schulter und sagte versöhnlich: „Machen sie, was ich Ihnen verordne, dann ist Besserung sicher. Aber hören Sie gut zu: Ich *rate* nicht, ich verordne! – Gruß an die Frau Gemahlin, ich stünde immer zu diensten. Hähähä."

Gustaf Stier war perplex. Im Bett erzählte er seiner Frau, was der Doktor entdeckt und verordnet habe. (Weil wir sie nicht so mögen, haben wir ihren Vornamen bisher verschwiegen. Sie hieß Walburga.) Die Frau erschrak und konnte darüber nicht einschlafen. Am Morgen war ihre Strategie fertig: Sie wollte drängen, dass der neue Geselle eher anfing. Sobald er eingearbeitet war, sollte Gustaf nach Bad Elster, aber sechs Wochen müssten eigentlich genügen. Unausgesprochen vertraute sie darauf, dass Albert schon eine Stütze darstellte. Auch das Können Richards beurteilte sie als brauchbar. Na und dann war sie selbst ja noch da! In langwierigen Palavern rangen sich die Eheleute durch alle Bedenken. Die Kur wurde für Mai/Juni gebucht. Und wie ein Gendarm wachte die Frau über die Speisen und Getränke ihres Mannes.

Rudi

Der neue Geselle, Rudi Uhlig, 28 Jahre alt, trat im zeitigen Frühjahr 1884 an. Sein bisheriger Meister hatte ihn eher frei gegeben, nachdem die Stiers ihre missliche Lage in einem langen Brief beschrieben hatten.
Die Gesellenprüfung Alberts stand Ende März an.

„Rudi und mit *Sie* werde ich angesprochen, verstanden?" „Jawoll" riefen die beiden Buben, ihn neugierig musternd. Er zeigte unter den aufgekrempelten Ärmeln der Fleischerbluse starke Muskeln. Später erklärte er ihnen, das seien keine „Mäuse", sondern „Bizeps". Da mussten sie lachen, denn sie hatten das vulgäre sächsische Unwort „Biezen" für die weiblichen Busen im Kopf. Rudi ahnte das und drohte, ihnen gleich eine Richtige zu schieben.

Der Geselle und die Lehrlinge harmonierten nach einiger Zeit gut. Rudi kommandierte knapp, war aber kein ausgesprochener Antreiber; musste er auch nicht sein. Bereitwillig zeigte er, was er anders machte als Stiers; war es gut, wurde es übernommen.

Beim Wurstmachen musste er sich streng an die Rezepturen und Verfahrenshinweise des Meisters halten. Er lächelte über die sogenannte Fleischquetsche. Das war eine handbetriebene Maschine, in welcher gegeneinander laufende Nockenwellen das zurechtgeschnittene Fleisch für die Brühwurst zerrissen, besser, zerquetschten. Die beiden Kurbeln zu drehen war kraftraubend. Er hatte schon den Wolf kennengelernt und beschrieb dem Meister dessen Vorteile. Natürlich brauchte man dazu Strom, einen starken Motor und die Transmission, über deren Riemenwellen noch andere Maschinen angetrieben werden könnten.

Der Meister sagte: „Hab ich auf der Gewerbeausstellung schon gesehen, soll aber nach Öl stinken." Rudi war gewitzt und redete nicht weiter dagegen.

Alberts Gesellenstück geriet glänzend. Er hatte ein Kalb nach den Regeln zu schlachten, ein halbes Schwein zu zerlegen und den Rücken auszulösen. Keine Muskelfaser am Körper des Kalbes war verletzt, die Teile des Schweins sauber an den richtigen Stellen getrennt, das Fleisch des Rückens nicht eingestochen, der Knochen fast ohne Fleischrückstände. Die schriftliche und die mündliche Prüfung brachten ihm ebenfalls ein „Sehr gut". Über den Zweck des Lebensmittelgesetzes von 1879, nämlich der Bekämpfung von Warenfälschungen, war er ebenso aussagefähig wie über die Rinderrassen. Sein Vater nahm das alles als selbstverständlich hin und machte außer einem stummen Händedruck kein weiteres Aufsehen. Rudi dagegen fand anerkennende Worte, und Richard sagte ehrlich: „Hoffentlich pack' ich das auch so." Die Stiefmutter ließ wenigstens Alberts Lieblingsessen kochen, nämlich Rouladen mit Rotkraut und Wickelklößen.

Rudis Wurst war gut. Der Meister hatte ihm mehr und mehr freie Hand gelassen, im doppelten Sinne unter Schmerzen.

Der Tag der Abreise nach Bad Elster war da. Albert spannte die Hunde an, hob mit Richard den großen neuen Reisekorb mit Sperrstange und schwerem Vorhängeschloss in den Wagen. Am Bahnhof half ein Dienstmann den Koffer heraus zu heben und auf die Rampe der Gepäckannahme zu stellen. Der Vater fuhr zum ersten Mal in einer Mietdroschke zum Bahnhof, denn schon ein paar Schritte in den neuen Stiefeletten taten ihm sehr weh. Ausgetretene Schuhe konnte er zu dem neuen Gehrock auf keinen Fall anziehen. Mit dem runden schwarzen Hut dazu sah er aus wie der Bürgermeister. Auch dessen Doppelkinn besaß er und die rötliche Haut, die manchmal einen Stich Blau zeigte. Damit die Leute nichts sehen sollten, war der Droschkenkutscher zum Hintereingang des Grundstückes bestellt worden. Die Stiefmutter musste im Laden bleiben, weil ausgerechnet heute die Verkäuferin krank war.

An der Gepäckannahme erschien der Vater wie auf Eiern balancierend und füllte den Beförderungsschein und zwei Adressanhänger für den Korb unter Vorlage seiner Fahrkarte aus. Dann gab er nacheinander den Hunden und seinem Sohn einen Klaps auf den Kopf und knurrte:

„Mach's gut. Ich will nichts hören, wenn ich wiederkomm, verstanden!"

Albert sagte: „Ja. Dass nur die Kur gut für dich ist."

Der Vater nickte und humpelte zum Schilderhäuschen des Fahrkartenkontrolleurs, der mit amtlicher Miene die Karte prüfte, die Zange ansetzte, um das kleine ellipsenförmige Loch hinein zu knipsen. Eine Bahnsteigkarte hatte Gustaf nicht gelöst, und so konnte der Sohn sich nur am Ende des Bahnhofes aufstellen, um seinem Vater zu winken. Da keines der Wagenfenster geöffnet war, wusste Albert nicht genau, wem er gewunken hatte. Der Vater war ihm schon aus dem Sinn, aber das Wunderwerk Lokomotive beschäftigte ihn immer noch. Man müsste das einmal in aller Ruhe aus der Nähe anschauen können. Ob so ein Lokomotiv-Führer sich herabließe, einem alles zu erklären?

Das Geschäft lief ohne den Meister gut, und Rudi überraschte fast täglich mit Hinweisen und Ideen. Als Markttag war, stellte er einen Tisch vor den Laden und ließ heiße Bockwurst und „Plunser" verkaufen. Das waren fast schwarze, gebrühte und dann gebratene runde Teigstücke, wie etwa Kartoffelpuffer, aus Blut und Mehl, mit Rosinen und Zucker, oder kräftig mit Majoran gewürzt. Er hatte diese Spezialität der ärmeren Stände in Stralsund kennengelernt. Dort hieß sie allerdings „Tollatsch". Ihm erschien dieser Ausdruck dem Sächsischen nicht verwandt, und so taufte er das Zeug eben um. Die Leute kauften und aßen, einige Fabrikmädels entdeckten während ihrer Pause eine billige Mahlzeit. Und die brachte einen satten Gewinn.

Nach Marktschluss erschien der Ratsdiener und verlangte die Marktgenehmigung für den Stand zu sehen. Die Meisterin sagte: „Moment, hol ich", packte ein Wurstpaket und sagte: „Hier isse." Zwei Wochen später gab es die Genehmigung, und auf einer größeren Tafel stand ein nagelneuer blitzender Bockwurstkessel mit Spiritusheizung. Richard machte den Verkäufer, Albert den Organisator; er füllte nach und schnitt Brötchen auf, passte auf, dass keine Wurst platzte und ob der Senf reichte. Es machte ihnen einen Heidenspaß. Anfangs hatten sie ein wenig Lampenfieber, aber das verschwand in der Aktion.

„Wieder was gelernt", dachte Albert, der Zielstrebige.

Die Meisterin war begeistert.

Doch der Plunser-Umsatz ging immer mehr zurück.

Der Trumpf

Albert beobachtete bei den Mahlzeiten, wie die Stiefmutter die kräftigen Arme Rudis mit Blicken streichelte, wie sie in sein unbekümmertes ebenmäßiges Gesicht schaute und dann krampfhaft auf ihren Teller starrte. Die Arme Rudis waren rasiert, weil er es nicht gut fand, behaarte Arme in Wurstmasse zu tauchen. Die Meisterin dachte an Gustafs Gorilla-Arme. Zuerst nahm Albert seine Beobachtungen nicht ernst, er sagte sich: „Der gefällt den Leuten eben." Aber einmal wach geworden, musste er plötzlich denken, dass seine Stiefmutter zu großes Interesse für den Gesellen zeigte.

Eines Sonnabend-Nachmittags war sie in den Garten gegangen um feuchte Tücher aufzuhängen. Da sah sie den Rudi mit freiem Oberkörper. Er legte eine Eisenstange über zwei Äste des Apfelbaumes und machte daran Klimmzüge. Der Baum blühte gerade. Das Spiel der ausgeprägten Muskeln auf dem Rücken des jungen Mannes und das Anschwellen der Oberarm-Muskeln faszinierte sie so sehr, dass sie mit offenem Mund stehen blieb. Rudi merkte nichts, und sie ging mit ihren Tüchern wieder in die Küche.

Dann kam ein Morgen, an welchem Walburga sichtlich errötete als Rudi zum Frühstück etwas verspätet in die Küche trat. Auch sein Verhalten war anders als sonst. Plötzlich sagte die Meisterin streng: „Also Rudi, die Jagdwurst haben Sie dieses Mal zu schwach geräuchert. Und die Mayonnaise setzt Öl ab. Das kommt nicht wieder vor!"

„Jawohl, Meisterin", antwortete der Geselle. Albert schien es, als lächelte er dabei ganz fein. Die beiden „Großen" hatten sich nicht angesehen.

Albert hatte sich ein paar Tage später mit irgendetwas den Magen verdorben. Nachts musste er daher sehr schnell aufstehen.

Er raffte sein Nachthemd zusammen und stürzte zur Kammertür hinaus. Da kam die schwarze Walburga aus Rudis Kammer, ebenfalls im Nachthemd, barfuß und mit offenem Haar. Sie duckte sich und stolperte vor Schreck beinahe die Holztreppe zu ihrem Schlafzimmer hinunter.

Zum Frühstück saßen die Stiefmutter und der Geselle noch allein am Tisch. Albert sagte „Guten Morgen" und schaute die beiden nicht an. Dann nahm er sich eine trockene Semmel und schlürfte den Malzkaffee extra vernehmlich. Fast hätte er das Getränk auf den Tisch gesprudelt, weil er unvermittelt lachen musste, und zwar immer lauter. Mit der Hand vor dem Mund und ohne das Tisch-Ritual einzuhalten erhob er sich und ging in den Arbeitsraum.

Walburga hatte nun zwei Probleme: Würde der Junge reden? Und wie kriegt sie diesen Rudi aus dem Haus. Mit Albert zu sprechen war unmöglich. Für den Gesellen würde sie sich etwas ausdenken. Furchtbar peinlich war dem Rudi die Sache. Er sprach zu Albert das Nötigste in einem sonderbar gedeckten Ton. Augenkontakt vermied er. Dem Richard erzählte Albert nichts. Das merkte Rudi, und Albert stieg in dessen Ansehen. Er behandelte ihn danach als anerkannten Gesellen.

Wir wissen nicht, ob der Kurgast Gustaf Stier in Bad Elster ebenfalls amouröse Abenteuer suchte oder bestand; das ist für unsere Geschichte auch nicht von Belang. Es darf davon ausgegangen werden, dass er nach außen prüde, doch im Geheimen ziemlich triebhaft und von widersprüchlichen Gedanken beherrscht war. Seine Frauen, die erste wie die zweite, hatte er niemals nackt gesehen, und in seinem Sprachgebrauch kamen werbende und zärtliche Worte nicht vor.

Albert wusste in Liebesdingen nur mangelhaft Bescheid. Eine Aufklärung durch den Vater hat es nie gegeben, was wohl eine allgemeine Erscheinung in der prüden Gesellschaft war. Biologische Anschauung hatte er auf einem Bauernhof gehabt, als er einen Bullen springen sah. Vielleicht rührte sein Lachanfall von diesem Bilde her.

Richard war etwas besser informiert aber noch war zwischen den beiden Jungen nur unter Kichern andeutungsweise geulkt worden. Zoten kannten sie nicht.

Was den beiden Siebzehnjährigen da gerade wuchs, war immerhin aufregend, manchmal furchtbar verwirrend.

Eine tragikomische Situation sollte bei Albert zu einer Enthüllung dessen führen. Er hatte ein Rinder-Hinterviertel auszulösen. Die Keule lag auf der Tafel, das Stück mit Roastbeef und Lende ragte darüber hinaus. Er löste die wertvolle Lende heraus. Beim Trennen der Hauptstücke fasste er das Messer in der Faust und schob es mit großer Anstrengung durch den Knorpel zwischen den letzten Wirbeln auf sich zu. Da rutschte er ab und stach sich in den Bauch. Er riss die Schürze herunter, die Hose auch, hob das Hemd und sah die Blutung rechts über dem Schambein. In diesem Moment trat die Stiefmutter ein und rief: „Hackepeter!" Sie sah Blut, Alberts Patengeschenk…und sank am Türrahmen langsam zu Boden. Rudi kümmerte sich sofort um Albert, wischte und drückte vorsichtig an der schmalen Wunde. „Hast Schwein gehabt, das geht nur unter der Haut lang. Hört bald auf zu bluten", stellte Rudi fest. Frau Walburga war zu sich gekommen und konnte alleine aufstehen. Sie wusste nichts zu sagen und verzog sich. Sie kam aber mit einigen frischen Taschentüchern zurück. Die reichte sie vor der Tür dem Rudi. Der Dr. Pfefferkorn kam zu keinem andern Schluss als Rudi, nachdem er mit einer metallenen Sonde Richtung und Tiefe der Wunde ausgelotet hatte. Er pinselte mit Jod, legte einen Kreuzverband an und sagte: „Leg dich zwei Stunden hin, dann kannst du weiter arbeiten." Für ihn war so ein junger Spund nichts weiter als ein unwissender Rekrut.

*

Gustaf Stier war wieder zu Hause. Etwas schlanker und gut erholt sah er aus. Heilwässer, Moorbäder und die strenge Diätverordnung des Kurarztes linderten die Schmerzen in Füßen und Händen erheblich. Vorsichtig fing er an, mit zu arbeiten. Den Gesellen behandelte er mit Achtung, weil er nur Gutes über dessen Leistungen hörte. Er schaffte auch nichts von den kleinen Verfahrensänderungen ab, die der junge Mann in bester Absicht eingeführt hatte. Zum Beispiel ließ Rudi die Salzlake zum Pökeln abkochen und erkaltet in sauberen Eimern in den Pökelkeller tragen. Er hatte auch zwei neue gebrauchte Heringsfässer angeschafft, die vielfach gescheuert, gespült, ausgebrannt, wieder gescheuert und gelüftet worden waren. Künftig verdarb kein Pökel mehr, wie es dem Stier schon passiert war. Rudi empfahl, größere Steingutgefäße mit Ablauf für das Pökeln anzuschaffen.

Die Meisterin beobachtete den Heilerfolg und die neu erstandene Schaffenskraft ihres Mannes mit Befriedigung.

Da bat Rudi Uhlig um ein Gespräch mit dem Meister. Er erklärte, es habe sich die einmalige Möglichkeit einer künftigen Einheirat ergeben, allerdings weit weg, in der Lausitz. Er wäre durch einen Viehhändler auf die Chance aufmerksam gemacht worden. Er bäte um vier Tage Urlaub, weil er hinfahren wolle, um das Mädchen und den Betrieb zu sehen. – Er fuhr. Der Betrieb war kleinstädtisch geprägt, und das „Mädchen", die Meisterstochter, war eine 22-jährige hübsche Frau mit einem kleinen Hindernis für dauerhafte Bindung, einem vierjährigen Töchterchen.

Dem Rudi soll es dort gut gegangen sein.

Der Mann

Das Geschäft war stetig gewachsen. Ein neuer Geselle kam. Da ergriff Albert die Gelegenheit und trug an einem Sonntagabend den Eltern seinen Wunsch vor, auf Wanderschaft zu gehen. Natürlich waren die verblüfft. Der Vater lehnte brüsk ab und widmete sich sofort wieder seiner Zeitung; die Stiefmutter hatte mit ihm gemeinsam den Kopf geschüttelt.

Albert lächelte sie herausfordernd an, was der Zeitungslesende offenbar nicht bemerkte. Da senkte sie den Blick.

Nach einer Weile sagte sie gedehnt: „Obwohl…", und fand Gründe im Sinne Alberts. Zum Beispiel sagte sie: „Na ja, Gustaf, wenn man bedenkt… je eher er die drei Jahre Wanderschaft hinter sich hätte, umso eher könnte er Meister werden."

„Da muss er erst mal verheiratet sein", sagte der Vater.

„Das gilt nicht mehr, hab ich gehört", entgegnete die besorgte Walburga.

„Hier bei mir gilt das weiter!" Ab dieser Verkündung Gustafs schwieg seine Frau. Und Albert, der sie in einem günstigen Augenblick wieder angrinste, schwieg auch.

Es kam so, dass der Vater das weitere Geschehen bestimmte. Er sprach mit dem Obermeister, und beide suchten Alberts erste Gesellenstelle heraus. Mit dem Fleischermeister Robert Schumann in Chemnitz vereinbarte Gustaf Stier das Nötige zur Beaufsichtigung des jungen Mannes. Er erbat sich kurze Mitteilungen über das Aufführen und die Leistung seines gerade achtzehnjährigen Sprösslings.

Richard Armack sah nun auch schon seine Gesellenprüfung nahen und dachte sich, dass es für ihn besser sei, danach noch bei Stiers zu bleiben.

Vor dem Abschied vom trauten Elternhause traute sich Albert etwas Großartiges. Elli, die indirekt schuld gewesen war an der Tracht Prügel mit dem Schaufelstiel, hatte er jeden Tag, wenn sie da war, im Auge. Was er nicht wusste, … sie ihn auch. Er war ein ansehnlicher junger Mann geworden. Sein dunkelblondes Haar eignete sich sehr gut für eine Igelfrisur, bei der die Seiten ganz kurz und das stehende Haupthaar zu einem Plateau geschnitten war. Als Geselle hatte er sich ein Oberlippenbärtchen wachsen lassen.

Es gab einen Moment im Flur zum Laden, als er sie einfach ergriff und küsste. Den Kuss bekam er zurück. Bei der nächsten Gelegenheit flüsterte sie ihm etwas ins Ohr.

Tja, was soll sie schon geflüstert haben? Sie wird gesagt haben, dass Ihr Mann auf Montage für den Dampfkesselbau ist, frühestens übernächsten Sonntag wiederkommt und dass sie die Haustür heute Nacht offen ließe, oder so ähnlich.

Die Wanderschaft

Chemnitz, eine Großstadt in der es alles gab, würde er nun erobern. Am meisten fielen ihm erst einmal vom Zug aus die vielen Fabrik-Schornsteine auf.

Albert reiste an einem Sonntagnachmittag an und ging im prächtigen neuen Hauptbahnhof zur Gepäckauslieferung, um seinen Reisekorb, denselben, welchen der Vater zur Kur mithatte, abzuholen. Der Korb war schwer. Leib- und Fleischerwäsche, ein Anzug für die Woche und einer für sonntags, Schuhe, Stiefel und was man sonst noch braucht, wogen viel. Gustaf hatte angeordnet, dass die Ausstattung seines Sohnes anständig zu sein habe. Blau-Weiß gestreifte und weiße Fleischerblusen mit einem feinen schwarzen Streifen, blaue und weiße Schürzen, eine gewachste Segeltuchschürze und das braun-lederne, fein geprägte Gehenk für Messer und Stahl waren extra neu bestellt worden. Trotz aller Kühle hatte Albert seinem Vater dafür freudig gedankt.

„Hm hm", machte der Meister.

Albert wurde vor dem Bahnhofsausgang von einem Lehrling mit Handwagen erwartet. Der fixe Bursche erkannte seinen Gast am geschulterten Reisekorb und sagte: „Ich bin dor Lob." (Er stammte aus dem Erzgebirge und hieß Gottlob Schönherr.)

Albert staunte nicht schlecht über die Ehre, welche ihm hier der Meister Schuhmann erwies. Er gab dem Jungen die Hand. „Albert". Er fügte hinzu: „und Sie".

„Is schie", sagte Lob. Er meinte, es wäre schön. Albert war zu vorsichtig, um diesem Lob Fragen zur Firma Schumann zu stellen. Der Junge erzählte von sich aus auch nichts. Sie liefen los; weit war es nicht. Aber der Korb hätte doch zu sehr gedrückt auf dieser Strecke.

Die Begrüßung durch das Meisterpaar Schuhmann war freundlich aber wohl distanziert. Albert bedankte sich für das Abholen. Der Meister kam sofort zur Sache und sagte, morgen früh um Fünf wäre Frühstück und dann gehe es zum Städtischen Schlachthaus in Straßenkleidung für den Halbstundenweg, die Kluft wird im Rucksack mitgenommen. Der Gottlob werde ihm jetzt seine Kammer zeigen. Wenn er künftig einmal aus dem Haus wolle, so müsse er sich den Schlüssel ausbitten. Abendbrot gäbe es heute um Sieben.

Albert und Lob wuchteten den Korb in das Dachgeschoss über fünf Treppen, denn das Geschäftshaus war auch ein Mietshaus.

In der Kammer angekommen, schnüffelte Albert vernehmlich. Es roch stark nach Carbonoleum. Da sagte der Lob, das Bett sollte nicht zu weit an die Wand gerückt werden, weil es hier oben Wanzen gegeben hätte. Sie wären vor drei Wochen noch einmal bekämpft worden. Er selbst habe keine mehr bemerkt. Eingeschleppt hätte sie wahrscheinlich ein Geselle mit seinem Zeug, das immer „bissel sauer gerochen" hätte. Der wäre aber auch schon wieder weg. „Alsu", sagte Lob, „meine Mam un mei Bab ham mir schon beizeiten beigebracht, das mr reene sei muss." Er sagte weiter, dass die Meisterin, Frau Schuhmann, immer ein Auge auf das Äußere der Gesellen und der zwei Lehrlinge habe.

„Wie viel Gesellen sind denn hier?"

„Sechse, mit Ihnen sieme."

Albert, allein in seiner Kammer mit dem kleinen eisernen Dachfenster, fühlte sich komisch. Er versuchte, seine

Sachen in den Schrank zu packen und wusste nicht, was wohin, was brauchte er sofort, was nur manchmal, ach, Weiberkram war das zu Hause. Er schaute in den Waschkrug; der war leer. Eine halbe Treppe tiefer im Flur entdeckte er den Wasserhahn über einem Emaille-Becken. Da war auch das Etagen-Klo für Mieter und Hausangehörige. Und weiter sinnierte er, im Betrieb würde alles neu und anders sein. Morgen geht's gleich zum Schlachthaus. Wofür wird er eingeteilt werden, wird er schnell genug sein?

Beim ersten Abendbrot begrüßten ihn die Gesellen teilweise neugierig, reserviert, einer freundlich, die zwei Dienstmädchen und zwei Verkäuferinnen, alles Fräulein, zurückhaltend, den Augenkontakt vermeidend. Der zweite Lehrling schaute ihm ein wenig frech ins Gesicht.
Albert wurde vom Meister vorgestellt.
Der Erstgeselle, Kurt Rosner, übernahm es, die ganze Truppe einzeln vorzustellen. Dann gab er dem Albert die Hand und wünschte gute Zusammenarbeit. Donnerwetter, das hatte Format. Den Kurt redete Albert vorsichtshalber mit „Sie" an und lag richtig damit.

Am Montag-Morgen sah er im Schlachthaus mit seiner nagelneuen Kluft mit dem umgehängten Messergurt zwiefach wie der Neue aus und wurde auffällig beäugt. Er genierte sich. - Am Mittag, als die Rinder- und Kälberschlachtung zu Ende war, sah er nicht mehr so neu aus. Zum ersten Male hatte er das gemeinschaftliche Schlachten vieler Tiere durch mehrere Fleischereibetriebe als eine Art Bandarbeit kennen gelernt. Kurt wies ihn auf die große Baustelle neben dem alten Schlachthaus hin und sagte, das würde der neue Vieh- und Schlachthof von Chemnitz mit ganz neuer Technik. Laufkatzen bis in die Kühlräume, Transportbänder für die Schweine-Schlachtung, ach überhaupt für Rinder, Schweine, Kälber eigene Hallen, alles ganz speziell, wie in Amerika! Jeder Meisterbetrieb könnte eine verschließbare Gitterbox im Kühlhaus mieten… Er konnte gar nicht aufhören zu schwärmen. Die Arbeit würde viel leichter werden und schneller auch. Albert war begeistert, musste aber fragen, was Laufkatzen seien.

Meister Schuhmann besaß schon einen Betrieb mit Kraftmaschinen. Ein Wolf war da und trotzdem immer noch ein Wiegeblock, allerdings auch elektromechanisch angetrieben. Die zwei Spritzen waren handbetrieben. Das Kühlhaus wurde von einer Kühlmaschine gekühlt, die in ihrem Verdichter-Verdampfer- Kreislauf Ammoniak umwälzte.

Sogar für den Laden war ein kleinerer Kühlraum da. Der Zerlegeraum und die Wurstküche, beide weiß gefliest, erschienen Albert riesengroß. Die Fenster zum Hof, nach Norden gerichtet, blitzten. Fußböden waren mit glattem Beton und Einläufen versehen. Die Neigung der Flächen erlaubte zügiges Saubermachen. Albert sog das alles auf und dachte: „Hier ist es gut." Und von Öl-Geruch, den der Vater beim Einsatz von Kraftmaschinen befürchtete, war nichts zu spüren. Nur sonnabends merkte Albert, wenn die Maschinen abgeschmiert wurden, roch es nach Staufferfett.

Die Weihnachtszeit nahte, die Stiefmutter hatte eine Winterjacke zum Ausgehen geschickt, ohne besonderen Gruß natürlich. Nach der großen Arbeit wurden abends und sonnabends jetzt portionierte Lachsschinken mit und ohne Speckmantel gewickelt. Ganz besondere bekamen eine Hülle aus sogenannten Goldschlägerhäutchen, die aus dem Bauchfett der Schweine gewonnen werden. (Entgegen manchem Irrtum entstammen die echten Häutchen zum

Schlagen von Blattgold dem gespalteten Blinddarmgewebe des Rindes.)

Der rot-weiß gezwirnte Bindfaden muss in exakt gleichen Abständen gewickelt werden. Schlingen sind in gerader Linie zu knüpfen, Knoten müssen symmetrisch angeordnet sein, die Henkel alle gleich lang. Albert machte flinke Finger, seine Wickelung war straff und exakt; vor ihm lagen nicht die wenigsten fertigen Stücke. Auch sonst arbeitete er schnell und richtig. War der Meister in der Nähe, lief er noch schneller und handhabte das Messer wie ein Akkordarbeiter. Das störte einige, und ganz allmählich rückte man von ihm ab. Als er im Laden eingesetzt wurde, und auch dort als Zuarbeiter beim Aufschnitt und für den Block eine gute Figur machte, was die Verkäuferinnen selbstverständlich „hinten" kundtaten, war er der Außenseiter. Der zweite Lehrling, Paul, sagte eines Tages an ihn gerichtet, er wisse, wie der Herr Albert noch schneller sein könnte. Er habe eine Annonce in der Zeitung gesehen, in der ganz neue Rollschuhe aus Amerika angeboten würden, mit Kugellager! Albert holte aus und haute dem Jungen mit der flachen Hand ins Gesicht. Kurt, der Erstgeselle, packte ihn am Handgelenk und sagte ganz nah an seinem Gesicht: „Eh' Du hier handgreiflich gegen irgendjemanden wirst, musst Du noch lange rennen und kratzen!" Dann stieß er ihn weg.

Albert „wühlte" weiter, wenn er arbeitete, und kümmerte sich nicht um die anderen. Das Lachen verstummte, wenn er in den Raum kam. Manchmal wollte er über Sachen sprechen, die er in der Zeitung, welche ihm der Meister überließ, gelesen hatte. Man wüsste jetzt, wo die Schwindsucht herkommt und wie man sie bekämpfen kann; oder dass es jetzt etwas gegen Tollwut gibt; oder dass in Japan ein Vulkan ausgebrochen ist. Da nannte ihn einer den Herrn Professor. Lob, der Lehrling hörte interessiert zu und sagte, er wolle diese Sachen mit „Mam un Bab" bereden. Im Erzgebirge gäbe es viele Lungenkranke. Darauf beschimpfte ein Geselle die Erzgebirgler als „Schachtscheißer" und „Löffelschnitzer". Albert trat vor den Kerl hin und drohte ihm Prügel an. Dabei blieb es auch. Doch die Stimmung war wieder gegen den Neuen.

Der erste Winter in der Fremde hatte manches zu bieten. Lange überlegte Albert hin und her, ob er einmal in die vielgerühmte Chemnitzer Oper gehen sollte. Ausschlaggebend für seinen Entschluss war die Überlegung, dass er sich der gutbürgerlichen Gesellschaft nähern würde, hätte er erst sein eigenes Geschäft. Da sollte er auch mitreden können. Als er den Meister um den Hausschlüssel bat, fragte dieser, wo er hin wolle. Auf seine Antwort schaute ihn der Herr Schumann aufmerksam an. Er sagte aber nur: „Hier, bis um Zwölf!" Die erste Oper war glücklicherweise Mozarts „Figaro". Das ging ja ein wie Butter. Sein Interesse war geweckt. Er sollte daran festhalten, wenn auch über große Zwischenräume. Er besuchte in Chemnitz auch einmal das Schauspiel. Dort sah er Lessings „Nathan". Mit niemandem konnte er darüber reden, was er noch nicht verstand. Die Kollegen bekamen sein neues Faible heraus und so hatte er manchen Spott auszuhalten. Weil er unnachgiebig seinen Stil in allem beibehielt und auch nicht um Sympathie buhlte, nahmen die Sticheleien zu. Sogar kleine Sabotageakte gab es gegen ihn. Seine Messer wurden stumpf gemacht. Wenn er spritzen (Wurst füllen) sollte, hatten die Därme merkwürdig viele Löcher, so dass er nicht zeitgerecht fertig wurde. Meister Schuhmann merkte, dass Albert abgelehnt wurde. Er sprach mit ihm. Albert konnte sich selbstredend nichts vorwerfen. Der Meister hatte auch kein Rezept für ihn. Er hätte doch nicht sagen können, „Arbeite und laufe langsamer!"

Der Frühling kam. An einem Samstagnachmittag lehnte Albert in sauberer Kluft, die weiße Schürze zünftig zu einem Dreieck aufgeschlagen, am Pfosten der Hauseingangstür. Die Arme hielt er verschränkt, das angewinkelte linke Bein lag hinter dem Standbein. Die Stiefel blitzten in der Sonne. Sein jugendliches Gesicht drückte Zufriedenheit aus. Da kam von innen ein gutgekleideter Herr mit zwei Handkoffern, um das Haus zu verlassen. Er schaute Albert an, blieb stehen und setzte seine Koffer ab. Unweit wartete eine Droschke auf ihn. Freundlich sprach er: „Na wir haben uns ja noch gar nicht gesehen. Entschuldigung, ich heiße Herbert Auermann und bin der Generalvertreter der Firma Anger Chemnitz, Gewürze, Därme, Fleischereibedarf. Wichtige Kunden, wie den hochverehrten Herrn Schuhmann, betreue ich selbst. Und nun verraten Sie mir Ihren werten Namen, bitte." Albert tat ihm den Gefallen und musterte den Mann von oben bis unten. Dieser Typ Mensch war ihm noch nicht vorgekommen. An einem Finger trug der einen funkelnden Ring.
Auermann fragte nach der Heimat und den Eltern, ob sie auch ein Geschäft hätten, wie jung er denn überhaupt sei und manches mehr. Dann tat er so, als denke er scharf nach und sagte: „Hören Sie, ich sehe es Ihnen an, Sie wollen weiter, Sie lieben Ihren Beruf und sind anders als mancher Ihrer Kollegen. Sie halten auf sich. Solches gefällt mir. Daher mache ich Ihnen ein Angebot. Ich führe Sie zu einer Besichtigung durch unsere Läger. Sie bekommen einen

Überblick über die Gewürze, von denen Sie bestimmt nicht alle kennen. Sie werden das Neueste auf dem Maschinenmarkt sehen, und ich verrate Ihnen, wo aus der ganzen Welt unsere Därme herkommen, na und noch viel mehr. Ich denke, das geht nur sonnabends nach Ihrer Arbeit. Wollen Sie?"

Albert dachte nicht lange nach und stimmte zu.

„Aber wissen Sie, es wäre nicht gut, wenn Sie unseren Treff weitersagen. Ich bin zeitlich gar nicht in der Lage, so etwas auch für andere zu machen."

Albert sagte, er würde es niemandem erzählen.

„Gut, auch Ihr Herr und Meister muss das nicht wissen."

„Nein nein."

Zum vereinbarten Termin ging Albert zu der Firma, die in großen speicherartigen Ziegelbauten ihre Läger hatte. Am Eingang zum Bürogebäude saß ein alter Pförtner, der Albert nur nach dem Namen fragte und aufschloss, um ihn einzulassen.

Der Herr Auermann begrüßte Albert mit ausgesuchter Freundlichkeit, schenkte zwei Gläser perlenden Weines aus einer dicken Flasche ein und prostete seinem Gast zu.

„Lieber Herr Albert, oder darf ich nur Albert sagen? Na fein; wir beginnen unten im Därmekeller und arbeiten uns dann hoch zu den Gewürzen. Die Maschinen im Erdgeschoss, selbstverständlich das Neueste, sehen wir uns zum Schluss an; gehen wir. Behalten sie ihr Glas, wir nehmen die Flasche mit."

Als sie auf dem zweiten Gewürzboden angekommen waren, schenkte Auermann zum vierten Male ein, und hakte sich bei Albert unter. Ein Stück weiter hing er seinen Arm um den Nacken des jungen Mannes und schwärmte vom Zauber orientalischer Düfte, wie man sie hier genießen könne. Albert schwitzte plötzlich. Auermann fuhr ihm indessen sanft über den Hintern.

Kurz und gut: Nach einem Griff des reifen Herrn in den Schritt seines Gastes lag er mit blutender Kopfwunde am Boden und stöhnte: „Niemandem verraten, niemandem verraten…bitte, bitte…"

Albert war so verwirrt und wusste nicht, was er denken sollte. Gab es so etwas, dass ein Mann… Er hatte den Kerl mit beiden Armen von sich gestoßen. Unglücklicherweise fiel der auf eine liegende Sackkarre. Albert bemerkte noch im Weggehen, dass sich Auermann hochrappelte und immer wieder sagte:

„Niemandem verraten… ach Albert, Ihr Geschenk…halt…"

Albert rannte weg. Die Tür ließ sich von innen öffnen, er brauchte den Pförtner nicht. Er beruhigte sich auf der Straße und setzte sich am Schlossteich auf eine Bank. Was tun? Es gab nur eines, er musste dem Meister berichten. Was, wenn die Geschäftsbeziehungen zerstört würden und er schuld wäre?

Am Abend fragte er den Meister, ob er ihm etwas Vertrauliches sagen dürfe. Niemand anderer war zugegen. Schumann winkte ihn in sein kleines Büro. Dort erzählte Albert alles.

Der Meister sagte: „Hab ich mir schon lange gedacht, dass der von der anderen Sorte ist. – Albert, machen Sie sich keine Sorgen. Es wird nichts passieren. Der Kerl wird künftig nicht mehr selber zu uns kommen. Ich pfeife nichts. Und darum kaufe ich auch weiter bei Anger ein. Sie konnten nicht erkennen, dass das ein 175iger ist? - Nun wissen Sie es."

„Was ist denn ein 175iger?"

„Ach du lieber Himmel! Also, ich erklär 's Ihnen." Nach recht umständlich vorgetragenen Einzelheiten schloss der Meister: „Nach Paragraph 175 des Bürgerlichen Gesetzbuches ist das bei Strafe verboten. Daher."

Alberts Arbeit und sein bekundetes Vertrauen ließen ihn in der Gunst des Meisters steigen. Der nahm ihn mit zum Vieheinkauf. Er hieß ihn, sich im Schätzen von Vieh zu üben. Natürlich kannte Albert die Griffe, die man beim Rind anwendet, um festzustellen, wie ausgeprägt Bug, Rücken, Schwanzstück und Schliemen mit Muskulatur und Fett versehen sind. Aber noch hatte er wenig Übung darin gehabt, um einmal beim Meisterstück sein Schlachtrind auf zehn Kilo genau schätzen zu können.

Der Einsatz Alberts im Laden führte jetzt bis zum Verkaufen. Bei Bestellungen von Platten für Festlichkeiten musste er mitwirken. Dabei begriff er fast von allein, dass zuerst zwei Prinzipien zu beachten sind: Die genaue Einhaltung von vorgedachten Linien und Kurven beim Legen der Scheiben von Wurst und Schinken mit exakt gleichen Abständen und das Erzeugen von Farbkontrasten.

Mit dem Erstgesellen musste Meister Schuhmann sehr ernst reden, damit dieser den Albert an wichtige Arbeiten beim Herstellen von Brüh- und Kochwurst heran ließ, weil er eben noch lernen sollte. „Aber der soll nicht so hochnäsig sein!", klagte Kurt. Der Chef entgegnete: „Ihr habt ihn zu sehr gepiesackt, und er hat auch seinen Stolz, nu lass mal sein!"

Allmählich trat Ruhe in der Truppe ein; die meisten hatten nun Respekt vor Albert.

Schumann hatte selbst zwei Söhne, die gerade ihre Wanderjahre absolvierten. Der Ältere sollte bald zurückkommen. Daher ließ der Meister den Albert auch ziehen, als dieser nach Dresden zu Metzner wollte. Die Stelle hatte er sich selbst gesucht, weil in der Anzeige gestanden hatte: „Produktion feiner Fleisch-und Wurstwaren - Fleischkonserven *en gros* - Heereslieferant"
Der Vater war mit dem Wechsel einverstanden.

Dresden, die Residenzstadt, und die neue Stelle, knapp ein Jahr nach dem Beginn seiner Wanderschaft, fesselten Albert sehr. Er wurde im Kreis von 12 Gesellen aufgenommen. Der Meister war eigentlich nie vor Ort, weil er vielfältige Geschäfte betrieb. Der „Polier", wie hier der Erste Geselle genannt wurde, beobachtete den Neuen genau. Ehe Albert in die Konservenabteilung gelassen wurde, wie es sein Wunsch war, musste klar sein, dass er sauber arbeitete und auf Hygiene hielt.
Schon bei Meister Schumann in Chemnitz hatte Albert begonnen, seine Beobachtungen und Erkenntnisse, auch Rezepte, aus der täglichen Arbeit zu notieren. Wer seine dicken, immer geröteten Fleischerhände sah, hätte nicht geglaubt, was für eine kleine saubere Handschrift er entwickelt hatte. Das Buch hütete er sorgsam und zeigte es keinem. Diese Gewohnheit kam ihm in der Konservenproduktion sehr zustatten. Er konnte noch kein Fachbuch darüber erwerben, weil niemand von einem solchen Buch wusste. Was sich seit der Versorgung der Truppen Napoleons mit Fleischkonserven an Standards herausgebildet hatte, fußte auf der Versuch-Irrtum-Methode. Mit der Entwicklung des Autoklaven, nach dem Prinzip des Erhitzens unter Dampf-Druck erst, wurde die Produktion sicherer.

Bei 110 bis 120°C konnte man haltbare Konserven herstellen. Fäulnis-Bakterien wurden als Feinde erkannt, und man wusste, wie sie bekämpft und sogar vermieden werden konnten. Die Firma Metzner bot das Beste, was man an Voraussetzungen für eine solide und weitgehend verlustfreie Produktion lernen konnte. Frisches, oberflächlich trockenes und gut gekühltes Fleisch wurde in täglich gesäuberten kühlen Räumen mit sauberen Geräten und Maschinen von sauberen Fachleuten verarbeitet. Von großer Bedeutung war auch, dass man kein Brunnenwasser verwenden musste. Dieses mussten Andere zur Vermeidung von Fehlprodukten abkochen. Hier bestand ein Anschluss an das neue Wasser-Leitungsnetz.

Der Arbeitsfluss war so organisiert, dass blanchiertes und angebratenes Fleisch am gleichen Tage in die Dosen gelangte.

Gemüse und Kräuter wurden in einem besonderen Raum von geschulten Frauen vorbereitet. Bouillon zum Aufgießen wurde täglich neu gekocht, Reste vernichtet. Die detaillierten Arbeitsanweisungen zu lernen und einzuhalten war für Albert kein Problem. Nie musste er ermahnt werden. Metzner wurde offenbar persönlich über seine Leute informiert, denn bei einem Rundgang begrüßte er Albert mit einem Schulterklopfen.

„Wie viele Bombagen kommen im Jahr vor", fragte Albert den Polier. „Fast keine mehr." Das hatte sich Albert schon gedacht.

Welche Kraft in einer alten Bombage schlummern kann, führte ein Lehrling ungewollt vor. Er dachte, wenn er in den ausgebeulten Deckel oder Boden stäche, würde nur schlechte Luft entweichen. Irrtum, Teile des zerfetzten Deckels und der Inhalt der 1-kg-Dose klebten an der Decke. Es stank bestialisch. Man hatte zum Glück einen Wasserschlauch, und der Schlamassel wurde schnell heruntergespült. Eine Kopfnuss war alles, was der Junge für seine Untat erhielt. Die Bombage sollte angeblich von der Konkurrenz stammen. Ein Versorgungsoffizier hätte sie dem Kutscher Metzners mitgegeben.

Was die Stadt Dresden zu bieten hatte, genoss Albert im Rahmen seiner zeitlichen und pekuniären Möglichkeiten. Er staunte und war neugierig, aber sparsam. Im Umgang mit drei Gesellen erkannte er, dass man in der Großstadt sehr schnell mit leeren Taschen dastehen konnte, dass nichts blieb; und andererseits wurde man sogar angepumpt. Da kehrte er sich ab.

Wie er die nächste Stelle in Leipzig erwischte, ist nicht mehr bekannt. Sie wurde zu seiner bisher lustigsten. Die Mannschaft bestand aus drei Gesellen und zwei Lehrlingen. Der Meister ging, wenn es ihn danach verlangte, mit Schürze mitten in der Arbeit weg in seine Stammkneipe. Dann hatte der ruhige Altgeselle das Sagen. Die Meisterin hatte wöchentlich zwei Kränzchen und war dann nicht zu sprechen. Einmal erfuhren die feixenden Gesellen, dass der Meister aus der Kneipe heraus plötzlich zu seiner in Wernigerode verheirateten Tochter gefahren war. Mit der Eisenbahn und in der Arbeitskluft. Drei Tage blieb er weg.

Auf dem Hausboden, wo die Kammern lagen, beobachtete Albert durch einen Türspalt, wie sich ein Geselle einen ausgelösten Schweinebug unter dem Hemd auf die Hüfte band. Mit auf die Schulter gehängter wehender Jacke kam er heraus. Albert fragte, wo er denn mit seiner Lieferung hin wolle. Um ein Haar hätte es eine Prügelei gegeben. „Halt bloß die Schnauze, sonst…" Der Kerl stürzte davon.

Albert dachte schlicht: „Das gibt's auch? Na ich werde aufpassen." Er erzählte die Sache dem Altgesellen. Es kam
heraus, dass der Rabe einen Gastwirt ab und zu mit billi-
gem Fleisch versorgte. Und der Rabe flog.
Albert machte sich um seine Anzeige nicht die geringsten
Gedanken. Er war Meistersohn und Diebstahl für ihn nicht
denkbar, unter aller Würde. Nicht lange, und er wird selber
Mitarbeitern vertrauen müssen. Daraus entsprang seine
Haltung.

Ein Tanzstunden-Kursus war schon lange überfällig.
Gleich um die Ecke befand sich in einem großräumigen
Bürgerhaus eine Tanzschule. Sie wurde von einer würdigen
Dame mit Haaren auf den Zähnen geführt. Eine Sächsin,
aber irgendwie nach Wien gelangt, wo sie einen hohen Beamten geheiratet hatte. Der war gestorben, musste aber
stets für den Vergleich des Benehmens dieser „heutigen
Leipziger Jugend" mit den Wienern herhalten. „Mein
Mann, der Hofrat, würde die Hände über dem Kopf zusammen schlagen…" Sie gab französische Kommandos
und vermischte angelerntes Wienerisch mit sächsischem
Tonfall. Wohl deshalb hätte sie sich nicht in Wien etablie-
ren können, noch dazu als Witwe. - Albert erschien zur
Tanzstunde immer als Letzter; er musste sich ja die Haare
waschen, die nach Rauch und Wurstküche rochen. Daher
hatte er nur noch ein dickliches Mädchen mit immerzu
staunenden blauen Augen erwischt. Er machte keine Ver-
suche, mit ihr anzubandeln. Sie diente ihm nur als Tanz-
partnerin. Er wurde ein ganz leidlicher Tänzer. Die Lehre-
rin gebot, dass niemand aus der Gruppe während des drei-
monatigen Kurses öffentliche Tanzlokale besuchen solle.
Zumindest Albert übertrat dieses Gebot und ging mit ei-

nem Kollegen zur legendären Leipziger Vergnügungsstätte *Funkenburg*. Dort gab es reichlich Auswahl an Tänzerinnen und scheinbar willigen Mädchen. Die Herren Fleischergesellen machten sich einen vergnüglichen Abend. Auf einem Gang in den weitläufigen Garten des Etablissements mit einem hübschen Kind wurde Albert plötzlich zu Boden geworfen. Drei Männer, von denen er einen als den Dieb zu erkennen glaubte, richteten ihn arg zu. Blutend und mit ausgerenkter Kinnlade schleppte er sich nach Hause. Das Mädchen war ausgerissen. Er musste frühmorgens zum Doktor, der ihm mit einem leder-gepolsterten Hammer die Lade wieder „einrenkte". Eine Woche lang aß Albert nur Flüssiges und allenfalls ein bisschen Gehacktes mit rohem Eigelb. So weh tat die Sache. Die Köchin hatte Mitleid mit ihm. Und die Kollegen? Klar, „wer den Schaden hat…"

Man spielte ihm auch einen Streich, aber nur einmal: Zum Standartsortiment gehörte eine „Feinste Leberwurst". Sie wurde ausschließlich in Schweine-Enddärme gefüllt, die mindestens 80 cm lang waren. Wollte man sie mit dem Heber aus dem Kessel nehmen, wäre jede Wurst zerbrochen oder in den Kessel zurück gerutscht oder hätte Totalverlust auf den Boden erlitten. Leberwurst-Masse ist vor dem Auskühlen noch dickflüssig. – Es blieb nichts anderes, als jede Wurst einzeln mit den Händen aus dem ca. 85°C heißen Wasser zu nehmen. Der Kesselgeselle war nicht zu sehen, der Altgeselle rief: „De Läwerworscht muss raus!" und verschwand. Aber auch der Rest der Leute war weg. Albert stellte sich einen Eimer kaltes Wasser zurecht, tauchte tief mit beiden Armen ein und stieß mutig in die heiße Brühe um eine Wurst zu packen. Hinein in die Abkühlwanne damit und die Hände im Eimer wieder vorkühlen. Nächster Hitzeschock. Zum Glück waren es nur zehn

Würste. Als die Herren Kollegen nacheinander wieder da waren, massierte er die langen Dinger liebevoll in ihrem Kaltwasserbad, um das Fett fein zu verteilen. (Wird das versäumt, setzt sich das flüssige Wurst-Fett unter der Wursthülle oder in den Enden ab.) Kein Wort fiel. Aber beim nächsten Mal musste er schnell aufs Örtchen.

Die Leipziger Messen zu Jubilate und Michaelis, man sagte nun Frühjahrs- und Herbst-Messe, führten zu mehr Arbeit. Den Verlockungen des Messebetriebes konnte man nur unter Schlafmangel nachgehen. Nur gut, dass der Meister und seine Frau zu sehr mit sich selbst beschäftigt waren, um die Hausgenossen nach Arbeitsschluss zu kontrollieren.

Von Leipzig aus fuhr Albert erstmalig zu Weihnachten nach Hause. Für seine Schwestern hatte er Kleiderstoff, Bänder für Schleifen, Lavendel- und Rosenseifen und je eine Kamm-Garnitur gekauft. Seinem Vater schenkte er eine üppige vorgebundene schwarze Halsbinde und der Stiefmutter einen Stickrahmen mit vielen bunten Garnen und Stickvorlagen. Er bekam eine neue Garnitur Messer der Firma *Friedrich Dick*. Der Heilige Abend verlief nach Schema und war für alle Großen befriedigend. Die dressierten Mädchen, jetzt 17, 14 und 12 Jahre alt, machten die Wohlerzogenen, spielten sogar Klavier. Einzig die älteste, Frieda, verspürte noch Vertrautheit mit Albert, und die beiden erzählten sich vieles. Sie wollte natürlich wissen, wann er eine Braut bringen würde.

Albert, der Stratege, suchte im Frühjahr 1888 eine Stelle, wo er möglichst das gesamte Wurstsortiment allein herstellen konnte. Die fand er in dem sächsischen Städtchen Burgstädt, auch ein Kern der Textilindustrie. Vermittelt hatte ein Geselle, der die Umstände des alten Meisters Vo-

gelsang in der Stadt kannte und auf dessen Empfehlung Albert eingestellt wurde. Der Meister war plötzlich nicht mehr voll leistungsfähig. Es stellte sich heraus, dass er die Zuckerkrankheit hatte, und sein Herz machte häufig Schwierigkeiten. Seinem zweijährigen Lehrling überließ er manches, was der noch nicht richtig konnte. Albert wurde mit Neugier und Hoffnung empfangen, sein Kollege hatte ihn sehr gelobt. Vogelsang wurde nicht enttäuscht.
Das dachten wir uns schon.

Der kranke Meister ließ es sich beim ersten Einsatz Alberts nicht nehmen, das Brät für die Wiener Würstchen selbst zu machen. Albert merkte, wie schwer dem Mann das Anrühren des Brätes mit kalter Fleischbrühe und Wasser fiel. Aber der ließ sich nicht beirren. In einem Augenblick, als er sich unbeobachtet glaubte, langte er in den Schürzenlatz, kippte aus einem Pergamentpapier-Päckchen etwas in die Masse und suchte es schnell zu vermengen. Albert tauchte einen Finger dorthin, wo noch ein Klümpchen der geheimnisvollen Zutat war und probierte. Er machte große Augen und begriff im Augenblick, dass der Mann sich noch nicht getraut hatte, sein ganz eigenes Rezept preiszugeben. Es war frisch geräucherter Aal, den wohl die Meisterin in der Küche feingerieben hatte. Albert sagte: „Herr Vogelsang, das hätt' ich nie gedacht, geräucherter Aal… Ich bin ganz gespannt auf die Wiener."
Die edlen Würstchen schmeckten, wie noch keine, die er vorher gegessen hatte. Diese ganz feine Aal-Rauchnote im Würstchen drin, das war elegant. In sein Buch notierte er abends ein neues Rezept.
Meister Vogelsang war nach kurzer Zeit schon recht froh, einen solchen jungen, tüchtigen und offenbar zuverlässigen Mann gefunden zu haben.

Aber eines Tages traf es ihn hart. Albert zeigte ihm einen Brief seines Vaters. Gustaf Stier schrieb:

„Lieber Albert!

Du musst heim kommen, denn ich kann bald nicht mehr arbeiten. Das Messer halten macht Schmerzen, das Laufen macht Schmerzen, heben kann ich nichts, stehen kann ich nicht lange. Der Doktor sagt, es würde nicht mehr besser. Die beiden Gesellen geben sich Mühe, aber große Lichter sind sie nicht.

Richard ist in Straßburg, der Verrückte. Er will dort bleiben.

Unsere Ware muss gut bleiben. Zum Glück ist Sommer, wo auch Dein Meister nicht so viel zu tun hat.

Komm bald, melde Dich.   Dein Vater Gustaf Stier"

Albert hatte das kommen sehen, denn letzte Weihnachten gab sein Vater keine glückliche Figur ab. Nun kombinierte er, dass die Selbständigkeit gar nicht so weit in der Ferne lag. Meister Vogelsang tat ihm ein wenig leid, aber der musste eben schnell einen anderen ranschaffen. In die Nase war ihm gefahren, dass Richard Armack so weit in der Weltgeschichte rumkam. Lernte der dort Dinge, von denen er selbst keine Ahnung hatte?

„Aber zur Sache", dachte er, „ich muss ein Weib finden, denn die Hure soll nicht mehr lange das Sagen haben."

Der Vogelsang verstand den Sachverhalt und unternahm so viel er konnte, um einen Ersatz für Albert zu finden. Da machte Gustaf Stier einem seiner Gesellen den Vorschlag, Alberts Stelle einzunehmen, weil er sich dort im selbständigen Arbeiten üben könnte. Das gelang, und alle waren fürs Erste zufrieden.

Im August war alles eingerichtet.

Aufwärts

Gustaf Stier war sehr erleichtert, als nun sein Sohn zurück war. Aber schon am zweiten Tag gerieten sie aneinander, weil Albert eine bessere Kammer mit besserer Ausstattung und besseren Lohn forderte.

Anschließend kritisierte er den alten Eiskeller. Das Eis war weitgehend geschmolzen. Es waren gerade die Hundstage ausgebrochen, und im Laden ließen die Würste flüssiges Fett aus den Zipfeln tropfen. Gehacktes wurde gar nicht erst gemacht. Albert meinte: „Wir können den Eiskeller, so wie er ist, auch mit Maschine verwenden. Fliesen tun wir ihn später. Die Türen sind noch gut. In den Hundezwinger unter dem Schauer kommt die Kühl-Maschine."

„Und wenn mal kein Strom ist", rief Gustaf.

„Oh Gott", dachte Albert, „der hat gar keine Zeitung mehr gelesen", und redete weiter:

„Eismachen auf den Teichen fällt weg, und das ganze Jahr haben wir Kälte. Und wenn das Eis raus ist, haben wir mehr Platz. Da lassen wir mehr Gehänge einbauen und stellen ein Regal für Gefäße, Wurst und Schinken rein. Schmierige Wurst gibt's dann keine mehr."

Er fuhr fort und sagte, wenn nun schon einmal „Elektrisch" da wäre, könnte auch ein Wolf angeschafft werden. (Die frühzeitige Elektrifizierung verdankte die Stadt der örtlichen Industrie.)

Der Meister beendete das Gespräch, indem er davon ging.

Albert zeigte dem Vater anderntags gesammelte bebilderte Anzeigen verschiedener Firmen aus der Allgemeinen Fleischerzeitung. Gustaf erwiderte, das habe er alles schon gesehen.

„Angeguckt, aber nicht gelesen und über den Nutzen nachgedacht hast du."

„Wie redest du denn mit deinem Vater", brüllte Gustaf mit geschwellten Adern. „Überhaupt, willst du mich pleite machen?"

Tage später legte Albert ihm seine Berechnungen vor. Er hatte sich schon nach den ungefähren Kosten erkundigt.

Als seine Stiefmutter mit am Tisch saß, sagte er zu ihr: „Warum sagst *du* deine Meinung nicht?" Dabei lächelte er wie ehemals.

Zum Schluss dieser Besprechung servierte Albert die Quintessenz: „Wer Brühwurst machen will und das Brät eine Stunde lang auf dem Block wiegen muss, der kann gegenüber dem Wolf 55 Minuten lang nichts verdienen." Und noch ein verständnisinniges Lächeln erreichte die Stiefmutter.

In Wahrheit hatte Gustaf Stier die neue Technik schon in Altenburg bei einem Fleischer in Funktion gesehen und dessen Freude über die Richtigkeit seiner Entscheidung dafür bemerkt. Vermittelt hatte diesen Besuch ein reisender Ingenieur der Firma Anger aus Chemnitz.

Gustaf Stier übersah sein Geld und dachte an das nahende Alter. Wenn er jetzt alles neu anschaffte, ginge ein schöner Batzen weg, und der Lachende wäre am Ende Albert.

Im Oktober 1888 war Albert einundzwanzig Jahre alt und damit voll geschäftsfähig geworden. Anfang November erhielt er einen Brief aus Glauchau von dem Rechtsanwalt und Notar Doktor Finsterbusch. Unsicher öffnete er das Kuvert und las, er werde gebeten am… um… Uhr in Sachen Nachlass dort zu erscheinen. Die Geburtsurkunde sei mitzubringen. Der Vater las den Brief und legte sofort fest, dass er mitkäme. Da Albert nicht die geringste Ahnung hatte, was er mit einem Nachlass zu tun hätte, wendete er nichts dagegen ein. Unruhig und zugleich neugierig erwartete er den Tag. Mit der Eisenbahn fuhren Vater und Sohn in sage und schreibe fünfunddreißig Minuten zum Termin. Dr. Finsterbusch eröffnete dem jungen Mann, dass sein Großvater, der Gasthofbesitzer Franz Stier usw., ihm, dem hier erschienenen Enkel Albert Stier, ein Konto bei der hiesigen Dresdner Bank anlässlich seiner, des Albert Stier, Geburt angelegt habe. Samt Zins und Zinseszins sei es bis zum letzten Ultimo auf den Betrag von 3.545 Goldmark und 76 Pfennige angewachsen. Als Volljähriger könne er es nunmehr erheben. (Nach aktuellen Angaben stellt diese in Goldmark zu vergleichende Summe heute einen Kaufwert von rund 63.000 € dar.)

Albert war erschüttert. Tränen traten ihm in die Augen. Dieser Opa! Sagen konnte er nichts. Dem Gustaf Stier lag der Schweiß auf der Stirn. Er wischte ihn mehrmals ab, rutschte nervös auf dem Stuhl hin und her. Nach einem tiefen Schnaufer fragte er: „Und der kann jetzt über das Geld verfügen?"

„Ganz recht, *zu Recht* sozusagen, voll und ganz kann Ihr Herr Sohn darüber verfügen, bitte", sagte Dr. Finsterbusch. Dann fertigte der Notar das Protokoll, indem er es einer jungen Dame diktierte. Danach schrieb sie die Rechnung mit dem Honorar, was überwiesen werden könne.

Auf der Straße suchte Gustaf humpelnd und ächzend eine Sitzgelegenheit, öffnete Rock und Weste, lockerte die Halsbinde, legte den Hut beiseite und schüttelte mehrfach den Kopf.

Albert, der neben ihm saß, schwieg. Er fühlte, gleich würde etwas passieren.

Da ließ es der Vater heraus: „Kein Wort hat er mir gesagt, damals. Ich war mal in Druck, da hätt' ich bissel Geld brauchen können. Hab' eine Hypothek aufnehmen müssen. Der hatte ja nichts mehr, und der Gasthof war noch nicht verkauft. Haben erst wir Geschwister als Erbengemeinschaft erledigt. Alles hat er einem Verbrecher überlassen. Doktor Falkenhagen hieß das Schwein, war aus Leipzig. Der hat den Leuten, auch deinem Großvater, faule Papiere und sogar Fälschungen angedreht. Hat auch mal richtig gut Zinsen gezahlt, ist aber mit dem ganzen zusammengerafften und geklauten Zaster nach Amerika oder sonst wohin. Dein Großvater ist dran gestorben."

Gustaf legte eine lange Pause ein. Albert war tief in Gedanken und sagte nichts. Da hub der Vater wieder an und meinte: „Na Geld haste jetzt, da kannste auch alle Maschinen kaufen."

Albert schüttelte den Kopf und sagte ganz ruhig: „*Dein* Betrieb ist rückständig. Willste gute Ware machen, musste modernisieren, wenns die anderen auch tun oder ehe die das tun. Haste gehört, *dein* Betrieb. Haste modernisiert, kommt das Geld wieder rein." Gustaf staunte insgeheim über die schnell gelieferte Antwort seines Sohnes. „Blöd ist der nicht", dachte er.

Im Dezember ergab sich ein weiteres Gespräch im Beisein der Stiefmutter über die großen Vorhaben und die eventuelle Beteiligung Alberts. Der sagte: „Von dem Guthaben wird kein Groschen abgehoben. Ich kann es jetzt für sechs Prozent anlegen. Das ist für meine Selbständigkeit. Ich hab Zeit. Was weiß denn ich, wann du mir das Geschäft übergibst, schenkst oder zur Pacht überlässt. Du sagst ja nichts." Die Eheleute Stier senkten die Köpfe. Alberts Lächeln, an die Stiefmutter gerichtet, war sehr fein, nur ein Mundwinkel war angehoben. Er konnte das machen, weil sein Vater nicht gern in Gesichter schaute. Im Ehebett sagte Walburga zu Gustaf: „Jedenfalls weiß der, was er will. Andere junge Kerle täten jetzt erst mal den Reichen spielen. Alle Achtung." Gustaf machte „Hmmmm".

Übrigens, die feurige Elli war mit ihrem Manne aus der Stadt fort gezogen. Albert vernahm das mit Erleichterung.

Der neue „Kapitalist" hatte sich natürlich eine kleine Barschaft von der Guttat des verklärten Großvaters abgezweigt. Verrückt und unvernünftig, das fühlte er selbst, bezahlte er daraus eine Laune. Er kaufte sich einen schwarzen runden Hut, so einen, den man in England *Bowler* nennt. Den wollte er unmittelbar nach der Meisterprüfung tragen. Und da er entschlossen war, bald zu heiraten, wen, das ergäbe sich schon, kaufte er auch einen Zylinder. Mit Seide bezogen. Den verstaute der dienstbeflissene Verkäufer in einer flachen kofferähnlichen Schachtel, denn es war ein *Chapeau Claque*.
So, nun war er auf dem Wege zur besseren Gesellschaft.

Neues

Im nächsten Frühjahr hauten und bohrten die Maurer viele Löcher durch Decken und Wände. Gustaf hatte es satt mit dem vielen Dreck und schimpfte unentwegt. Walburga heuerte zeitweise noch eine Frau zum Saubermachen an. Vertreter eines ganz neuen Berufes, die *Elektriker*, präsentierten sich mit viel Aufsehen und unverständlicher Fachsprache im ganzen Haus und in den Arbeitsräumen. Es gab also Strom und Kraftstrom; von Phasen war die Rede, von Polen, Schützen und Sicherungen, vom Gleichrichter, von Volt und Ampere und anderen unbekannten Dingen. Überall lagen lange Kabelstränge herum und verschwanden plötzlich in den Rohren neben den Türen, an Decken und Wänden; die Enden lagen versteckt in Schaltern und Streckdosen oder lugten abisoliert aus der Decke. In der Wurstküche baute der Schlosser die Transmissionsanlage ein und eines großen Tages brachte der Spediteur den Wolf. Das schwere gusseiserne Gerät auf Rollhölzern bis in die Wurstküche zu bringen war aufregend. „Und macht mir ja nicht die Farbe kaputt! Vorsicht mit der Emailschüssel", rief der Meister. Die Farbe der neuen Maschine war Rot, der Aufnahmetrichter weiß emailliert. Konturen waren mit feinem Strich schwarz eingefasst.
Der Sattler kam mit den starken Lederriemen, die er zu Treibriemen anpasste und mit zahnbewährten Metall-Klammern zusammenfügte. Der dicke Siemens-Elektromotor wurde auf eine Konsole oberhalb des Spritzbereiches gestellt und mit der Haupt-Welle unter der Raumdecke verbunden. Das Aushärten der Bodenankerung für den Wolf konnte Albert kaum abwarten. Er wollte endlich Fleisch „durchlassen".

Die Anschaffung so vieler Lampen und Leuchten für alle Räume verschleppte Gustaf, als er den Kostenvoranschlag sah. Es wurden weiter die Gasbeleuchtungen benutzt. Nur gegen den Maler konnte er sich nicht wehren. Es gab zu viele Wunden an Decken und Wänden. Wenn abends immer noch die Petroleumlampe brannte, lächelte Albert seine Stiefmutter wiederholt provozierend an.

Albert begab sich zu Obermeister Otto. Der freute sich über den beinahe athletisch gewordenen jungen Mann. Albert legte stolz sein Wanderbuch vor, in welchem die Meister ausschließlich Lob beurkundeten. Sie sprachen über die Meisterprüfung. Herr Otto sagte, dass gerade noch zwei junge Anwärter von Dörfern nachgefragt hätten. Da ließe sich das wohl für das Frühjahr einrichten. Er, der Albert, solle sich einen „Buchfink" suchen, wo er sich in Buchführung unterrichten lassen könne. Er, Otto, empfehle den alten Herrn König. Und Rinder schlachten solle er üben, jede Woche eines.
Und wie es denn mit der Brautschau wäre?
Albert gestand, dass in dieser Richtung noch kein Ziel auszumachen sei.

Gustaf Stier hatte während der dreijährigen Abwesenheit Alberts stark zugenommen. Die eindringlichen Ermahnungen Doktor Pfefferkorns machten ihm Angst. Aber wenn das Wellfleisch dampfte und duftete, wenn die frischen Bockwürste aus dem Kessel kamen, oder solche, die schon in der Räucherei etwas zu viel Hitze abbekommen hatten, weil sie ganz unten hingen, daher geplatzt waren und verführerisch glänzten… dann vergaß Gustaf, wie karg er eigentlich leben sollte. Er mochte Griebenfett auf frischem

Brot mit kerniger Kruste. Etwas ganz besonderes sind auch Talg-Grieben, wenn sie goldbraun und noch heiß sind, ehe der Talgrest gerinnt. *Die* auf Schwarzbrot, etwas Salz darüber – ein Genuss! Er liebte also die gefährlichsten Fette. Er strich liebevoll über den Anschnitt seiner Leberwurst, ehe er sie aß. Angebratene Blutwurst mit Spiegelei und ein Bier, dafür hätte ihm Doktor Pfefferkorn die Hölle prophezeien können, es blieb auf der Liste seiner Leibspeisen. Walburga hatte es irgendwann aufgegeben, ihn zu rügen und ständig zu beobachten.   Sie sah ohnehin nicht, was er in der Wurstküche verspulte.

Sie bewegte ihn, klug vorausschauend, ein Testament zu schreiben und beim Anwalt zu hinterlegen. Schon wegen der „Halbgeschwisterei" hielt sie das für notwendig. Er muss das auch selbst gewollt haben, denn dass seine Prognose nicht gut war, wusste er.

Nun, da Albert für ihn arbeitete, zog er sich langsam zurück und lag stundenlang auf dem Kanapee. Wenn er aufstand, war es ein Ächzen und Stöhnen bei den ersten Schritten.

Albert kam mit dem Gesellen Arthur, der etwa dreißig Jahre alt war, zurecht. Er ließ natürlich keinen Zweifel darüber zu, wer hier bestimmte. Und er sparte auch nicht mit sofortiger Kritik bei der Arbeit. Manchmal brüllte er. Mit seinen gesammelten Rezepten hielt er sich noch zurück. Er produzierte alles so, wie es der Vater die ganzen Jahre hindurch getan hatte.

Eine schwere Störung, gegen die Familie gerichtet, und noch dazu von Staats wegen, war die Aufforderung an Albert, sich mustern zu lassen. Die Wehrpflicht, unter Preußens Ägide zu dieser Zeit auf drei Jahre festgeschrieben, bedrohte das Geschäft. Gustaf besprach sich mit dem Obermeister Otto. Bevor Albert nicht Meister war, konnte ihm das Gewerbe nicht übergeben werden.

Es wurde mit dem Rechtsanwalt Nagel ein sogenanntes Reklamationsgesuch an die Militärbehörde erarbeitet. Nur der Sohn könne den väterlichen Betrieb so führen, dass dem Geschäft kein materieller Schaden durch Rückgang entstünde. Dr. Pfefferkorn fügte ein Attest bei, welches die völlige Arbeitsunfähigkeit Gustaf Stiers bescheinigte.

Albert musste zunächst zur Musterung erscheinen, da es noch keine Entscheidung über die Ausmusterung gab. In seiner Akte notierte jemand aus dem Musterungsrat „Fourier" als empfohlene Verwendung. Er hätte sich um die Verpflegung seiner Einheit kümmern müssen.

Nun wurde die Meisterprüfung terminlich vorgezogen. Albert leistete, was er konnte. Und das war das Beste.

Während des Winters wartete man ängstlich auf den Bescheid der Behörde. Um aber das Paket bald zu verschnüren, hatten Obermeister Otto und Gustaf Stier etwas geplant.

Albert musste zum Schneider, der ihm einen Frack anmessen sollte. Hemd, Schleife, Lackschuhe und eine Taschenuhr mit Kette, goldplattiert, wurden angeschafft. Die ganze Ausrüstung wurde zum großen Fleischerball in Zwickau benötigt.

Walburga entdeckte, dass ihr Mann den Ehering nicht mehr trug. Er behauptete, ihr schon gesagt zu haben, er vermisse den Ring. Das stritt sie kategorisch ab. Sie entsann sich, dass er ihn bei seiner Rückkehr von Bad Elster getragen hatte. Es muss bei der Arbeit passiert sein. Meistens zog er ihn ab und legte ihn auf ein Bord. Sie war wütend, er machte sich nichts daraus. Sie bedachte, wer das Stück genommen haben könnte. Rudi, oder der neue Geselle, oder gar Albert? Das Gift dieser Gedanken vermischte sich mit dem aus anderen Zweifeln, Vorurteilen und Hassgefühlen. Zu Balle gehen ohne Trauring, unmöglich, kam nicht infrage. Es wurde ein schmaler Ring gekauft.

Im Ballsaal saßen die Familien Stier und Otto in Nachbarschaft zu einer Familie aus Waldenburg. Herr Otto kannte die Leute, die einen passablen Eindruck machten. Man stellte sich einander vor und wünschte einen schönen Abend. Herr Otto beehrte sich zu erwähnen, dass die Fleischerei Hegereiter den Fürsten Schönburg-Waldenburg beliefern dürfe und somit Hoflieferant sei. Meister Hegereiter winkte ab und meinte: „Nu ja, der isst dieselbe Wurscht wie meine andern Kunden. Rindslende kooft der natürlich mehr zum Beispiel."

Albert hatte die Tochter der Waldenburger schnell klassifiziert und erkannt, dass er sich hier Tänze reservieren müsse, weil die hübsche Dame sonst laufend weg wäre. Er ging die Sache forsch an und begann schon während des Essens Signale zu senden. Kaum waren die Teller des Hauptganges abgeräumt, ging er zu ihr und legte seine Tanzkarte vor. Er bat, so nett er es vermochte, darum, die drei ersten Tänze ihm zu gewähren und dann jeden zweiten in Folge. Das Fräulein hatte sich das wohl auch so gedacht, denn sie machte still lächelnd ihr Signum in die Spalten. Ihn voll anzusehen getraute sie sich jedoch nicht. Sie hatte ja auch schon beim Ankommen der nachbarlichen Tischgesellschaft den gut gewachsenen Frackträger mit seiner Igelfrisur und dem Oberlippenbart mit gezwirbelten Enden aufmerksam beäugt.

Nach dem Essen gab es einen Tusch des Orchesters, der die Festansprache ankündigte, die mit einem Toast auf den Kaiser und auf seine Majestät König Albert von Sachsen endete. Dann trat ein hoher Innungsmeister an die Rampe und rief die jüngsten Meister des Amtsbezirkes auf, zu ihm auf die Bühne zu kommen. Da fiel der Name Albert Stier, als letzter nach dem Alphabet.

„Die Letzten werden die Ersten sein."
Der biblische Satz bewahrheitete sich wieder einmal, denn Albert bekam eine gerahmte Urkunde und einen Lorbeerkranz. Ihm wurde das beste Ergebnis in der amtlichen Meisterprüfung bestätigt. (Dass der Wiegemeister von ihm 5 Mark bekommen hatte für den kleinen Zettel mit dem genauen Schlachtgewicht seiner fetten Färse, wusste sonst niemand.) Als Innungsgeschenk erhielt er eine Schärpe, die bei öffentlichen Veranstaltungen der Innung künftig zu tragen war. Ehrlicher Applaus begleitete die jungen Meister im Abmarsch von der Bühne.

Als er an den Tisch zurückkam, schaute er zuerst nach der jungen Dame Hegereiter, die ihm mit geröteten Wangen bewundernd zunickte.

Sein Vater war hochrot im Gesicht und schlug ihm sitzend auf die Schulter. „Na siehste", sagte er.

Die Stiefmutter machte Anstalten, ihren Stiefsohn zu umarmen. Albert behielt Abstand. Sie schüttelte ihm die Hand mit den Worten: „Kannst stolz sein."

Jetzt sang ein Fleischer-Gesangsverein drei Lieder. Eines war von Robert Schumann, dem Sohne Zwickaus, „Der Rekrut", passend für viele im Saal.

Endlich, als noch immer Gratulanten zu Albert kamen, war im Orchester Bewegung auszumachen. Aber nichts da mit tanzen. Sie spielten erst noch eine gekürzte Fassung der „Akademischen Fest-Ouvertüre" von Brahms, und einige forsche Handwerksmeister sangen an der bewussten Stelle mit: „Gaudeamus igitur, la lala la, la la la…" Wenn sie damit meinten: „Last uns fröhlich sein", sangen sie das zu Recht, auch ohne akademische Weihen.

Nun aber! Albert stand auf und trat von einem Bein auf das andere, während noch eine Geige gestimmt wurde. Der Tanzmeister rief zum Tanze auf. Kräftige Burschen stürzten kreuz und quer, um zur Auserkorenen zu gelangen. Albert trat zu Fräulein Hegereiter, verbeugte sich und sprach die Floskel.

Sie, ihre Pompadour vor sich haltend, deutete mit kurzen Bewegungen des Zeigefingers auf ihren Vater. Albert fragte den Herrn Hegereiter, ob er gestatte, dass er mit seiner Tochter tanze. Lachend wurde ihm die Erlaubnis erteilt. „Nu wolln mer das ma nich übertreiben, nichwar", sagte der wackere Mann.

Als nächste erhoben sich die zum Teil gewichtigen Meisterpaare und deren Gäste und schritten gemessen zur Tanzfläche.

Nur Stiers blieben sitzen. Später, als wohl der Wein schmerzlindernd wirkte, tanzte Gustaf vorsichtig einige Takte mit seiner Frau in der Nähe des Tisches herum.

Albert beherrschte den Wiener Walzer und merkte: Sie kann's aber auch. Als seine Beine die ihren einmal berührten, hätte er sich fast entschuldigen wollen, aber von der Seite sah er ihr glückliches Lächeln. - Es verhielt sich nämlich so, dass sie von einem Arrangement wusste, er jedoch nicht. Es funktionierte. - Das feine blonde Haar des Mädchens umrahmte ein schönes Gesicht mit blauen Augen und einer leicht gebogenen Nase. Sie trug ein hellblaues Kleid, reich verziert mit Spitzen, das Albert nicht hätte beschreiben können, weil er ihr nur ins Gesicht sah, genauer, auf den roten Mund.

Polka, Rheinländer und eine Polonaise brachten die beiden ins Schwitzen, und er hätte zu gern einen Gang in das kühlere Vestibül vorgeschlagen. Aber das traute er sich nicht. Niemand bemerkte, dass Fräulein Hegereiter ihren Eltern ganz kurz ein Zeichen mit den Augen gab. Da schlug Herr Hegereiter den Nachbarn vor, die Tische doch zusammen zu rücken. Weil der Kellner zu beschäftigt war, machten es die Männer selbst, nachdem die Damen Flaschen, Gläser und Blumen gesichert hatten. Zufällig fanden sich die zwei jungen Leute als Nachbarn nebeneinander wieder. Die Elternpaare und Ottos lächelten sich gegenseitig befriedigt an. Im Verlaufe der Ballnacht tauschten die jungen auch die Vornamen aus, selbstverständlich beim „Sie" bleibend. Sie hieß Auguste Maria. Und, sie war im gleichen Jahre geboren wie Albert.

Mit dem ersten Zug um Vier fuhr Albert nach Hause. Er musste sich im Geschäft um das Nötigste kümmern. Die Eltern übernachteten in einer Pension. Auch die Hegereiters übernachteten. Zum Abschied hatte man sich gegenseitig zum Besuch eingeladen. Die jungen Leute drückten sich herzhaft die Hände und sahen sich tief in die Augen. Albert hatte übrigens braune.

Aus einem Besuch der Stiers in Waldenburg wurde nichts. Gustaf scheute fast jeden Schritt und schwitzte übermäßig bei der kleinsten Anstrengung. Dafür fuhren die Hegereiters zum Pfingstfest mit einer Kutsche vor und blieben zum Kaffeetrinken.

Albert zeigte der „Gustl", wie sie von den Eltern gerufen wurde, die Fleischerei. Und vor der Räucherei kam es zum ersten Kuss.

Allem technischen Fortschritt zugetan, kaufte sich Albert eines der ersten Fahrräder mit Sicherheitsrahmen, ein sogenanntes Niederrad. Da blieben die Leute auf der Straße stehen und staunten. Sonntags fuhr er, wenn es das Wetter erlaubte, nach Waldenburg. Dann ging er mit Gustl in den Gasthof „Zum grünen Baum" ein bisschen tanzen und Kaffee und Kuchen genießen. Zurück musste er, solange es auf den Wegen noch hell war. Das klappte nicht immer, denn sie sagte herzerweichend: „Ach bleib doch noch ä Bissel." Da nahm er den Zug.

Er ging sehr vorsichtig vor. Die weiche Wärme der Umarmung mochte er schon, aber zwischen solchen Momenten dachte er pragmatisch. Er fragte zum Beispiel: „Bist du gerne im Laden" und „kannst du gut rechnen, im Kopf?" Weil sie es heftig bejahte, nahm er gleich eine Prüfung vor. Ein andermal wollte er wissen, wobei sie „hinten" schon mitgeholfen habe. Sie erzählte: „Ich kann Knochen putzen, Wurst aufhängen, und die Sülze rühren."

„Na Donnerwetter!"

„Nein, ich kann noch viel mehr. Wirst schon sehen…"

Hier erschrak sie über sich selbst, denn er hatte seine ernsten Absichten bis dahin noch nicht eindeutig ausgesprochen. So ging das Geplänkel eine Weile.

Eines Tages jedoch war er besonders zärtlich und fragte sie, ob sie ihn heiraten würde. - Jubel!

Sie verlobten sich nach der Zustimmung ihrer Eltern, und man wusste, es eilt, wegen der Einberufung. Albert besprach das vorher mit Gustl und weihte sie in seine nächsten Pläne ein. Zu der tiefen Abneigung gegenüber der Stiefmutter sagte sie als Wohlerzogene nichts, aber sie meinte, er habe ihr volles Vertrauen und würde schon alles richtig machen.

Herr und Frau Hegereiter waren froh über die Wahl ihrer Tochter. Obermeister Otto hatte voller Anerkennung von dem soliden und zielstrebigen jungen Mann gesprochen. Allem Anschein nach war der Albert tatsächlich weit über sein Alter hinaus entwickelt, so besonnen, wie er redete. Frau Hegereiter war eine herzensgute Frau, und den Vater Gustls konnte man „die Ruhe selbst" nennen. Zufrieden mit sich und der Welt hatten die Eltern der Braut stets ein Lächeln und gute Worte für andere. Und gegenwärtig verwöhnten sie ihre Tochter besonders, weil sie sich schon vor dem Abschied von ihr fürchteten. Der Wäscheausstattung galt jetzt die ganze Aufmerksamkeit. Sie war zu vervollkommnen und die beste Stickerin im Ort versah jedes hinzu gekommene Stück mit dem kunstvollen Monogramm, aus AMH gebildet.

Währenddessen besah sich Albert eines Tages über den Zaun den Hinterhof des Nachbarhauses, und als die alte Frau Niemann heraus trat, fragte er sie, wie es ihr denn so gehe. Sie kam langsam heran und sagte, dass es eben schwer sei, wenn man fünfzig Jahre mit einem Menschen zusammen gewesen sei und der nun plötzlich vom lieben Gott geholt worden ist.
Sein Mitgefühl noch einmal zu äußern, empfand er als wichtig. „Und Ihre Töchter, kümmern die sich denn mal?"

„Ach, die sind doch weit weg verheiratet und haben auch schon Enkel zu bischen." Sie verschränkte die Arme und machte: „Bische bische … sehn se nur zu, sie solln ja schon eine Braut haben, hab ich gehört. – Ja meine Kinder, gar keine Zeit, na und die Fahrtkosten, nee nee."

Der Tod des Hausbesitzers lag schon ein Weilchen zurück. Deshalb dachte Albert, er könne angreifen. Er fragte sie, ob denn die Kinder und Schwiegerkinder das Haus behalten möchten. „Sehnse, das ist die nächste Aufregung. Die sagen alle *nein*, ich solls verkaufen. War auch schon ein Mann da. Aber der meinte, ich muss dann raus. Wo soll ich denn hin?"

„Aha, hier ist Eile geboten", dachte Albert.

„Ich würde ihr Haus kaufen und ihnen das Wohnrecht für immer gewähren. Nießbrauch oder so ähnlich heißt das. Da bleiben sie, wo es ihnen gefällt, haben ihre alten Bekannten noch, kein großer Umzug, nur bisschen verkleinern."

„Was, das täten Sie machen?"

„Ja - natürlich darf der Preis meine Möglichkeiten nicht übersteigen. Was hat der denn geboten?" Sie nannte das Gebot.

Albert dachte: „So ein Gauner." Aber laut sagte er: „Ganz schöner Batzen, das kann ich nicht aufbringen, aber Sie würden bei mir keine Miete zahlen, würden umsonst wohnen. Zögen Sie aus, müssten sie Miete zahlen."

„Da hamse recht."

Albert wurde nun präziser: „Wenn Sie, Frau Niemann, einverstanden sind, dann lasse ich mal vom Rechtsanwalt einen Vertrag aufsetzen. Den prüfen Sie dann, sagen, wenn was verändert oder ergänzt werden soll, und das machen wir."

„Na gut, schreiben se mal was auf."

„Frau Niemann, wir werden uns einig, gute Nacht, Frau Niemann", sagte Albert über den Gartenzaun, an den er vor nicht einmal einer Viertelstunde getreten war.

Zu einem sehr günstigen Preis erwarb Albert Haus samt Grundstück, welches mit dem Elternhaus in einer Front stand und in den Maßen fast identisch war. Andere Mieter gab es seit ein paar Monaten schon nicht mehr.

Seine Eltern schauten entsetzt drein, als er ihnen die Urkunde des Amtsgerichtes zeigte. Wütend schrie der Vater, was das wohl für eine Welt sei, wo ein Vater nichts mehr gelte, wo die „Rotzer" ohne zu fragen Grundstücksgeschäfte machten.

Zum ersten Male verbat sich Albert in gleicher Lautstärke das Hineinreden in seine Angelegenheiten. Und wenn ihm, dem Vater nicht passe, dass er, Albert, sich einrichte, dann könne er das Haus auch gut vermieten und wo anders anfangen. Und wenn er, der Vater, noch einmal „Rotzer" sage, dann wär's gleich so weit.

Gustaf knickte innerlich zusammen. Er war vom Thron gestoßen worden. Arbeiten konnte er ohnehin nicht mehr.

Albert leitete praktisch das Geschäft. Er gab seiner Stiefmutter knappe Anweisungen. Nur dass sie die Einnahmen abends einschloss, erinnerte an ihr Regiment.

Albert hatte nun das Einkommen eines führenden Altgesellen.

Er ließ das erworbene Haus ohne Umbauten und nur mit geringer Elektroinstallation vorrichten und zeigte es stolz seiner Braut. Sie würden im Obergeschoss wohnen. Zum „Betrieb" würde ein Durchgang gebrochen. Das war die erste Variante.

Die Ehe des Vaters war zur Qual geworden. Die Zucker-krankheit ist wohl sehr spät erst erkannt worden. Daher waren die Wünsche und die Fähigkeit nach körperlichem Liebesdienst schon lange verkümmert. Walburga brauchte aber häufig, was er nicht mehr bieten konnte. Er brummte wegen jeder Kleinigkeit, sie keifte zurück. Die Töchter Ul-rike und Frieda, jetzt 20 und 17 Jahre alt, drängten unter die Haube zu kommen, weil für sie das Leben hier keinen Spaß machte, eigentlich selten Spaß gemacht hatte. Albert bot ihnen je ein Zimmer in seinem Hause an. Er konnte nicht wissen, dass es plötzlich mit dem Heiraten ganz schnell gehen würde. Wenn dem nicht so gewesen wäre, hätte er schon mal zwei Zimmer im „Geschäftshaus" frei geräumt.

Die Halbschwester Ella war nicht hübsch, und ihren ge-heimen Zorn auf die anderen Geschwister sah man ihr immer an. Sie war jetzt 15 Jahre alt. Fleischersfrauen wür-den sie wahrscheinlich alle drei keine guten werden, es sei denn, sie lernten alles erst nach einer Heirat. Walburga hat-te die zwei größeren Stieftöchter von der Arbeit im Laden ferngehalten und nur mit dem Haushalt beschäftigt. Sie wurden sogar alle drei Wochen unter Kuratel der stark-knochigen Waschfrau gestellt und mussten ihr helfen. Die Köchin, Frau Schubert, über viele Jahre kam sie jeden Morgen, brachte ihnen alles bei, was für ihre späteren Ehemänner von kulinarischem Vorteil war. Die eigene Tochter der Walburga war in allem ungeschickt und wusste sich mit zahlreichen Finten zu drücken.

Ulrike und Frieda nahmen bald die Werbung zweier Tex-tilingenieure an und hielten Doppelhochzeit. Sie waren insgeheim von Albert schon vor Monaten verkuppelt worden, weil er über den Stammtisch im *Sächsischen Hof* schon gestandene Leute kannte. Vater Gustaf ließ sich von den Herren je eine Gehaltsbestätigung zeigen und war schnell einverstanden. Was er den beiden Töchtern mitgab, war ein guter Anreiz für die jungen Männer. Seine Anwesenheit auf dem Hochzeitsfest war nur kurz, weil ihm alles schmerzte.

Als sich die Gemüter wegen des Grundstückes beruhigt hatten, sagte Albert, er möchte den Eltern seine Pläne erläutern. Das geschah unverzüglich.

Albert begann damit: „Ich habe umdisponiert. Es ist besser, ihr zieht in mein Haus und ich wohne mit meiner zukünftigen Frau im Geschäftshaus. Für uns gibt das kurze Wege. Küche und Ladenstube können wir tagsüber sowieso nicht gemeinsam benutzen. Das wird nichts.“

„Halt“, schrie der Vater, „ich soll umziehen? Was bist du eigentlich für ein Lump? – Du hast ´umdisponiert´. Sind wir denn Dreck?“

Ganz ruhig entgegnete Albert: „Ich erinnere dich an die andere Möglichkeit. Ich mach mich davon. Und dann ist da noch die Wehrpflicht, schon vergessen?“

Albert schaute zu der aufgeregten Walburga und lächelte sie auf seine Weise an. Das sah Gustaf und jetzt schien er sich an andere Szenen zu erinnern. Er fragte Albert: „Was ist das denn mit deinem Grinsen? Immer grinst du deine Stiefmutter an.“

Dabei schaute er nicht nur Albert, sondern auch seine Frau mit furchtbar lauerndem Blick an. „Was wisst ihr, was ich nicht weiß? Los, Antwort, oder…“

Walburga, die am Ende war, zischte leise von hinten: „Na los du hinterlistiger Hund, sag‘s ihm doch.“

Albert dachte schnell. Und da dachte er soeben, die beiden sollen doch lieber selbst ihre Fragen lösen. Er würde schweigen. Er sagte: „Ich weiß nichts. Und warum soll ich sie nicht anlächeln?"

Gustaf verstand das zu leise Gesprochene seiner Frau nicht. Aber ehe er erzwingen konnte, die Worte laut zu hören, stöhnte er plötzlich und wackelte mit dem ganzen Körper hin und her, rieb die deformierten Hände, bewegte die Knie und schnappte nach Luft.

Doktor Pfefferkorn war schnell gekommen. Albert hatte dem Vater das Hemd geöffnet und ein kaltes nasses Wischtuch auf die Brust gelegt. „Wo wissen Sie denn das her, noch gar nicht gedient", fragte der Doktor.

„Weiß nicht."

Gustaf erholte sich nach der Attacke, und die „Möbelbumser" wurden bestellt. Walburgas Hauptargument für den Umzug war gewesen, man könne auf einer Ebene wohnen und schlafen. Zur Haustür hinaus und in den Hof gäbe es nur zwei Stufen.

Das Klavier blieb in der guten Stube am alten Platz, weil man das Geklimper der Jüngsten entbehren konnte.

Die alte Frau Niemann musste in das Obergeschoss ziehen. Aber da sie eine kleine drahtige Person war, bewältigte sie die Treppe ohne Klagen. Und von oben sah sie auch besser, was die Straße rauf und runter passierte.

Hochzeit

Das Geschäftshaus wurde vom Keller bis zum Boden geputzt und gewienert. Der Betrieb war immer tipp topp, aber auch da gab es noch einige I-Tüpfel zu schaffen.
Fast wäre vergessen worden, die Jauchegrube zu entleeren. Gustaf hätte gewusst, der Turnus ist um. Aber der hielt sich aus allem heraus und war nur mit seiner Maläse beschäftigt.
Zwei Knechte eines Bauern schoben den Jauchewagen in den Hof und schöpften, fuhren weg …und schöpften wieder mit den langstieligen Jaucheschöpfern. Als sie in der Grube vermeintlich Boden sahen, legten sie die Abdeckhölzer wieder auf. Albert kam und nahm eine Bohle hoch. Er brüllte die erschrockenen jungen Kerle dermaßen an, dass sie ängstlich ein paar Schritte zurück traten.
„Das Dicke kommt raus oder euer Bauer wird von mir was zu hören kriegen." Für den Bodensatz mussten stehende offene Fässer geholt werden. Nur ein Mann blieb jetzt für die schlimme Arbeit.
Da geschah es. Der junge unbedarfte Kerl hatte etwas ganz Kleines hell blinken sehen und stieg in die Grube. Er bückte sich und stocherte mit einem Stück Holz in der Masse. Weil er näher heran wollte, ging er in die Hocke. Er fuhr immer wieder durch die Stelle im Schlamm, wo er das Ding kurz gesehen hatte. Endlich, … ein goldener Ring …

Bei der Kontrolle, ob denn der Gestank bis zum Abend noch aufhöre, trat Albert an den Grubenrand. Der junge Mann lag wie schlafend im Schlamm. Albert ließ sich vom Rand hinein gleiten und hob den Bewusstlosen unter den Armen an. Er hielt im Stehen den schlaffen Körper und schrie um Hilfe. Der Geselle Arthur schaute in die Grube und verschwand. Drei Kälberstricke knüpfte er zusammen und ließ das Seil hinab. Albert musste wieder ablassen, um es unter den Achseln des Mannes hindurch verknoten zu können.

Der Verunglückte lag im Hof, wurde teils zum Aufwachen, teils um ihn zu säubern mit Wasser übergossen.

Albert atmete instinktiv schnell und tief ein und aus. Kopfschmerzen meldeten sich.

Der junge Knecht erwachte nicht mehr.

Doktor Pfefferkorn stellte den Tod durch Ersticken in Faulgasen fest. Und als er die rechte Hand öffnete, lag darin Gustaf Stiers Trauring.

Der Doktor befahl, den Gendarmen zu holen.

Dem erläuterte er, wie es zu dem Unfall kommen konnte.

„Die Lust auf den Ring ist ihm nicht gut bekommen", sagte der Gendarm.

„Na na" sagte der Doktor verärgert. Mehr traute er sich nicht.

Der Ordnungswächter fragte, wer der Tote sei. Das wusste niemand genau. Da wurde nach dem Bauern geschickt. Das dauerte. Als er zugegen war, nannte er trocken den Namen und den Wohnsitz der Eltern, ganz arme Leute.

Albert war nicht wieder zu erkennen. Gebeugt und blass mit unstetem Blick ging er seinen Aufgaben nach. Er machte sich die schwersten Vorwürfe. Er fuhr zu Hegereiters, wollte sich aber nichts anmerken lassen. Der Meister jedoch nahm ihn beiseite, weil er spürte, dass ihn etwas bedrückte. Albert erzählte die Sache.

Da rief Hegereiter Frau und Tochter herzu und unterrichtete sie über das Unglück. Die Frau und Gustl reagierten mit Erschrecken und Mitleid. Dann, Alberts Rede abbremsend, sagte Herr Hegereiter: „Albert, wenn Sie den Leuten gesagt haben, dass sie ihre Arbeit ordentlich machen sollen, war das Ihr gutes Recht. Sie haben doch nicht angestellt, die sollen da hinunter steigen. Sie haben auch keine Leiter oder so etwas hingelegt. Der Bauer, der diese Lohnarbeit öfter macht, hat seinen Leuten die Sache mit dem Gas einzubläuen. Der arme Junge war noch zu unerfahren. Schade drum. Sie trifft keine Schuld. Na und das mit dem Ring; er vermutete etwas Wertvolles, und kein Mensch kann wissen, was er damit gemacht hätte. Der Gendarm ist jedenfalls ein Unmensch."

Mutter und Tochter nickten zustimmend. Aber Gustl war sehr betroffen. Ein solches Unglück kurz vor der Hochzeit, hat das etwas zu bedeuten? Sie konnte aber diesen Gedanken unmöglich aussprechen. Wir wissen nicht, ob sie sich seelischen Beistand gesucht hat. Nur dass sie durch die dörfliche Umgebung mit einer Mischung aus Aberglauben und protestantischer Lehre aufgewachsen war, das wissen wir.

Im Raume schwebte die Frage, soll man die Hochzeit verschieben? Dagegen sprachen die mögliche schwere Enttäuschung der Braut und der drohende Gestellungsbefehl vom Wehrbezirk. Das beredeten die Männer allein.

Es wurde beschlossen, die Hochzeit solle in Waldenburg stattfinden, und die Jauchegrube wird zugeschüttet. Die Fläche wird gepflastert. Eine neue und größere Grube wird im Grundstück nebenan gebaut. Albert hatte seine Pläne jeden Augenblick geistig parat. Mit seiner künftigen Produktion würde die alte Grube sowieso nicht ausreichen, obwohl er nicht mehr im Hause schlachten wird. Er konnte schon exakt den genauen Ort der Grube angeben, nämlich dort, wo sie den Platz für Neubauten nicht behinderte.

Die Gefühle der künftigen Hausherrin wurden jedenfalls geschont und der geschäftliche Aufschwung technisch vorbereitet. Und das sogar „fundamental".

Der Baumeister schlug ein neues Mehrkammersystem vor und begann unverzüglich mit dem Ausschachten im ehemaligen Hof der Frau Niemann. Gustaf Stier konnte nicht einmal den Arbeiten zusehen und war darüber unglücklich. Hätte er doch so viele Einwände gehabt. Damals gab es an Arbeitern keinen Mangel. Alles ging schnell, obwohl Hacke und Schaufel die Hauptwerkzeuge waren.

Albert schätzte seinen künftigen Schwiegervater nun schon sehr. Mit dem konnte man wenigstens in Ruhe reden, und es kam dabei etwas Vernünftiges heraus. Die überzeugende Art, wie der den Albert entlastet hatte, wirkte ganz und gar. Ein mächtiger Stein rollte von der Seele des jungen Mannes. Alle freuten sich über seinen Stimmungswechsel.

Trauung und Hochzeitsfeier im idyllischen Waldenburg an der schnellen Mulde gerieten wunderschön. Brautvater und Vater des Bräutigams ließen sich nicht lumpen. Ein schönes Brautpaar und viele festlich gekleidete Gäste, die meisten von der Brautseite, boten ein imposantes Bild.

Der junge strahlende deutsche Kaiser „Wilhelm zwo" machte den deutschen Bürgern ihr „Wesen", ihre Vorzüge vor Anderen so deutlich bewusst, dass jedermann in feinem Tuch mit glänzenden Augen sich und seinen Wohlstand so oft es nur ging, feierte.

Schützenverein und Männerchor feierten auch bei Gustls und Alberts Hochzeit mit und pflegten das deutsche Gemüt mit Büchsenknall und Liedertafel.

Die Verhandlung zum Unfall mit Todesfolge zum Schaden des Joachim Daniel Meinig, 17 Jahre alt, ging so aus, wie es der propere Meister Hegereiter mit gesundem Rechtsempfinden schon dargestellt hatte. Der Bauer Adam Graichen wurde zu einer Geldbuße zugunsten der Eltern des Verunglückten verurteilt. Dem Auftraggeber Albert Stier konnte keinerlei Mitschuld angelastet werden. Es ist wohl verständlich, dass Albert mit Angst in der Brust zu der Verhandlung gegangen war. Umso erleichterter verließ er das Amtsgericht.

„Flitterwochen"

Der Einzug der jungen Frau Stier in ihr neues Heim wurde sonntags vollzogen. Mit Einräumen der Wäsche, einigen Nippes und verschiedenem probeweisen Umstellen der noch wenigen Möbel verging der Tag, und mit dem Montag begann das Arbeitsleben für sie.
Die junge Frau war glücklich. Sie himmelte ihren ersten Liebhaber ständig an. Das war also die richtige Liebe, von der sie bisher aus den vagen Andeutungen in gängigen Liebesromanen nur einen Schimmer hatte.
Albert, der Kalkulator, meinte bei sich, ein Kind wäre für die nächsten zwei Jahre zu früh. Beide sprachen nicht konkret davon. Gustl hatte die Gewissheit: Der liebe Gott regelt diese Dinge. Dabei beließ es Albert.

Als sie einmal zusammenlagen, sagte er: „Ich hab dir allerhand gelobt, jetzt kommt noch was: Ich werde nie so viel essen wie mein Vater. Und nur ab und zu ein Bier, keinen ganzen Krug. Wein gibt's bei uns nur zu Feiertagen."
„Ich merk mir das", erwiderte schelmisch die Gustl.
„Und noch was ist zu regeln", fuhr er fort, „wenn mir etwas nicht passt, sag ich Auguste zu dir, sonst Gustl, wie jetzt."
„Na wenn's nicht schlimmer wird", sagte sie und… schlief.

Der Geselle kündigte. Arthur war an sich kein selbständig handelnder Arbeiter, brauchte genaue Anweisungen. Doch was er machte, war exakt. Er war kein großer Verlust, aber woher schnell einen andern bekommen? Albert war mit Zorn geladen. Wie konnte der ihn jetzt in dieser Phase sitzen lassen. Hätte er nicht die Gelegenheit, von ihm, dem Hochgelobten, viel zu lernen? So einem Könner wie ihm wirft man den Bettel nicht vor die Füße!
Eines Vormittags kam Gustl in die Wurstküche gelaufen und sagte: „Albert, im Laden steht ein Geselle und fragt nach Arbeit, soll ich ihn hinter schicken?"
„Nee, guck ich mir erst an", sagte er barsch.
Im Laden befand sich eine Kundin aus der Nachbarschaft, die gerade bezahlte. Der wandernde Fleischergeselle stand nahe der Tür an die Wand gelehnt. Die Kundin verließ den Laden und hörte noch zwanzig Schritte weit den Meister Stier brüllen:
„Raus hier, du stinken fauler Hund. Denkst du wir warten hier auf Faulenzer, die nicht mal gerade stehen können? Mach dass du weiter kommst. Dich tät ich sogar aus der Stadt jagen, wenn ich Zeit hätte."

Der junge Mann hatte weiter nichts gefragt als: „Meister, haben Sie Kraftmaschinen?"

Stier hatte daraus geschlossen, der wolle sich nicht gern plagen. Statt zu sagen, „ja haben wir", und das weitere abzuwarten, brachte ihn die Frage dermaßen in Rage. Seine Frau hielt die Schürze vor den Mund, so erschrocken war sie über den Ausbruch. Er kümmerte sich nicht darum und lief zu seiner Arbeit.

Die Kündigungszeit des Gesellen war abgelaufen. Albert schuftete hinten allein. Ein Glück war jetzt die elektrische Beleuchtung für den frühen Morgen und den späten Abend. Und eine weitere Entlastung war, dass schon längere Zeit die Schweine in eine kleine Lohnschlachterei gebracht wurden, und Albert die vorgekühlten Hälften geliefert bekam.

Gustl führte den Laden vorbildlich. Es gab eine Verkaufshilfe, Berti mit Vornamen, deren Fertigkeiten und Warenkenntnisse die junge Meistersfrau eifrig förderte. Freundlich und geduldig war die Chefin. Die Kunden merkten das auch bald. Einmal freitags zur Hauptgeschäftszeit erschien die Stiefmutter, Frau Walburga, in der weißen Schürze. Sie wollte sich gerade den Arbeitsplatz einräumen, da winkte sie der Albert heraus. Die Leute im Laden hörten nicht, was er zischte: „Du verschwindest hier! Ich helfe selber aus. Du hast hier nichts mehr zu suchen." Sie entgegnete, er sei nicht der Geschäftsinhaber, das sei immer noch ihr Mann. Weitere Auslassungen hörte Albert nicht mehr, weil er im Laden jemanden freundlich fragte: „Was darf's denn sein?" Von seiner Frau erhielt er einen liebevollen Blick.

Schon aus der Küche hatte er Walburga verbannt, als sie die ältere Ratgeberin spielen wollte. Schließlich war in ihrer Wohnung auch eine Küche, basta. Und: „Meine Frau ist von ihrer Mutter bestens als Hausfrau ausgebildet worden. Also raus hier!"

Gustl fragte ihn, warum er so hart sei. Das könnte man doch langsamer nach und nach regeln. „Dazu hab ich weder Zeit noch Lust. Die Frau ärgert mich seit siebzehn Jahren."

Sein Zorn auf alle, die ihn störten, war schon chronisch. Akut kam die Kündigung des Gesellen hinzu.

An einem Freitag-Abend verlangte es ihn nach etwas Abwechslung. Da ging er in das *Eckbrettl*, wo viele Männer saßen, deren Frauen bei ihm einkauften. Daher wurde er fröhlich begrüßt, in der Hoffnung auf eine Runde Freibier. Sie hatten alle ihre Lohntüte mit. Die Soliden räumten das Wirtschaftsgeld für die Frau vorher heraus, aber mancher fühlte sich mit der vollen Summe wieder einmal reich. Albert machte zum Wirt hin eine kreisende Bewegung mit der Hand und erntete Beifall.

Durch Zigarrenqualm hindurch rückte er zu dem Tisch vor, zu dem er gerufen wurde.

Wer sitzt denn da? Ist er es? In Schlips und Kragen, mit Kaiserbart Ja, es war Richard Armack.

Albert begrüßte ihn mit verhaltener Freude. Schließlich war er der Meister. Im Hinterkopf entstand gedankenschnell eine Vision. Richard zeigte seine Freude ganz und gar offen. Er umarmte Albert. Der Jubel ringsum war laut. In dem anhaltenden Lärm war kein großes Erzählen möglich. Daher gingen sie nach den ersten zwei Bieren auf die Straße, spazierten bis zum Markt und wieder zurück.

Richard beichtete: „Von Straßburg weg bin ich nach Hamburg. Erst mal arbeiten, mehr über Amerika erfahren und nachdenken. Da hab ich natürlich an meine Eltern gedacht, und weil es sein konnte, dass ich sie nie wieder sehen würde, fuhr ich noch mal heim. Schon am selben Abend zu Hause guckte ich in den Nachbargarten, und da stand Traudchen. Wir kennen uns von klein an und ich hab sie immer beschützt. Da ist es passiert. Ich, wieder in Hamburg, krieg nach paar Wochen von ihrem Vater einen Brief, na das Weitere kannst du dir denken. Jetzt heiraten wir. Ach, ich bin ganz froh.“

Allerhand viel sprach er da für seine Veranlagung.

„Und Arbeit“, frug Albert.

„Ich hab's mal paar Tage schleifen lassen und noch nichts unternommen.“

Albert schwieg, weil er noch rechnete. Dann sagte er:

„Richard, ich brauche sofort jemanden. Wenn du zu Hause wohnst, kriegst du von mir die Woche 24 Mark. Sonnabends gibt's ein Deputat an Wurst und Fleisch, was du dir selber aussuchst.“

Für sich behielt Albert: „Wenn in paar Jahren aufgeht, was ich vorhabe, wird der hier Polier, kann meinetwegen auch noch Meister werden. Ich bezahl das, denn ich hab viel vor. Da muss ein Hutmann immer da sein, und dieser Kerl hat das Zeug dazu.“

Was Albert bot, war das Doppelte des Lohnes für einen einfachen Gesellen. Der übliche Anteil für Kost und Logis war eingerechnet.

Richard dachte nicht lange nach und wollte schon einschlagen, da fragte er: „Und dein Vater?“

„Der ist aus dem Skat. Ist krank und kommt nicht aus der Tür. Bald kommt er auch nicht mehr *durch* die Tür.“

Da schlug Richard in die dargebotene Hand Alberts.

Der erzählte ihm von dem Nachbarhaus, der neuen Grube, und wie schnell einmal die hinteren Bretterbuden abgerissen sein werden.

„Und was willste da bauen?"

„Wart 's ab."

Richard bedachte, dass er seinen neuen Chef vor sich hatte und dass daher zu große Vertraulichkeit unangebracht sei.

Die Hochzeit Richards mit Traudchen sollte noch vor dem Tag sein, an welchem die Nachbarsfrauen die Bescherung wahrnehmen konnten. Also bald. Richards Beginn war nach der Feier festgelegt, aber er erschien sofort am nächsten Tag einfach zur Arbeit.

So war er, der Richard.

Durch die Maschen der militärischen Musterung schlüpfte Richard, weil er nicht erreichbar gewesen war. In Straßburg suchte ihn niemand. Seine Karteikarte muss sich irgendwo verklemmt haben.

Das Verhältnis der beiden Fleischer wurde in den folgenden Jahren oft auf die Probe gestellt. Aber die Besonnenheit Richards und die in der Verborgenheit ruhende Anerkennung und Dankbarkeit Alberts gegenüber Richard beförderten stets das Einlenken des Einen oder des Anderen.

Übernahme

Gustaf Stier nahm die Veränderungen im Geschäft uninteressiert zur Kenntnis. Um ihn zu begrüßen, musste sich Richard in sein Zimmer bemühen. Der Empfang war für den treuen Gesellen enttäuschend stumpf und schnell vorbei.

Der Gedanke, was das Lächeln Alberts zu bedeuten hatte, ging dem Kranken nie aus dem Kopf. Er hasste seine Frau. Aber er brauchte Walburga quasi als Pflegerin. Sie dagegen hatte die Erbschaft im Sinn. Und so arrangierten sie sich immer wieder. Aber Gustaf kombinierte, seit wann denn dieses Lächeln zu beobachten sei, und das war nach der Kur gewesen. Dieser Rudi wollte ganz schnell weg damals und wo er hin ging, das waren Leute aus der Verwandtschaft Walburgas, wie er ganz nebenbei erfahren hatte. Da musste etwas passiert sein.

Er entschloss sich, Albert zur Rede zu stellen. Den Ehrverlust, der vielleicht zutage träte, nahm er in Kauf. Ohne Umschweife herrschte Gustaf den Sohn an, ihm jetzt alles zu sagen, was mit diesem ständigen Grinsen zu tun hätte. Albert tat als verstünde er nicht recht und fragte dagegen, was sich denn der Vater dabei denke, weil er so hartnäckig etwas herauskriegen wolle, was vielleicht gar nicht passiert ist.

„Hat die mich hintergangen", fragte Gustaf endlich.

„Wie, mit der Kasse?"

„Nein anders", rief Gustaf kurzatmig.

„Ich weiß zwar nicht, was du meinst, aber mir hat mal ein alter Geselle gesagt, man könnte sich auf kein einziges Weib verlassen. Hä hä, der war von seiner Alten mit ganz großen Hörnern verziert worden. Hat's von anderen erfahren."

„Ich will hier keine Scheißhausparolen von dir wissen, sondern ob ich … ob ich betrogen worden bin."

„Kann ich so … nicht genau sagen." Damit ging Albert aus der Stube. Der Vater konnte ihm nicht hinterher laufen und blieb mit seinen quälenden Gedanken allein. In einem ruhigen Moment überlegte er den letzten Satz Alberts noch einmal.

„Kann ich *so* nicht genau sagen", hatte er gesagt, mit dieser Betonung. „Aha, der hätte auch sagen können: ja, aber ich habe nicht daneben gestanden", war die Erkenntnis, die sich Gustaf abrang.

Mit größter Anstrengung gelang ein über Nächte entwickelter Plan Gustafs. Der Zufall kam ihm zu Hilfe. Seine Frau fragte, ob er zwei Tage ohne sie auskäme, sie wolle nächste Woche einmal nach vielen Jahren ihre Schwester in Leipzig besuchen, wo auch gerade Kleinmesse sei und das wäre doch etwas für Ella.

„Hm", quittierte Gustaf.

Er schaute tags darauf aus dem Fenster im Erdgeschoss und rief einen Laufjungen heran. Für einen Groschen brachte der einen Brief zum Rechtsanwalt Nagel. Bei positiver Rückantwort soll er, der Junge, nur ans Fenster klopfen und nicken, hatte Meister Stier Senior befohlen. Der Barfußläufer erschien wieder, sah seinen Auftraggeber hinter dem offenen Fenster im Sessel sitzen und nickte eifrig. Der Termin beim Rechtsanwalt war damit klar, Walburga samt Tochter verreist. Der Kutscher half Gustaf beim Ein- und Aussteigen; das Testament wurde geändert.

Gleichzeitig beauftragte Gustaf den Rechtsanwalt, alles Nötige zur alsbaldigen Geschäftsübergabe an den Sohn vorzubereiten.

Die Behörden in der Stadt handelten schnell und in den örtlichen Blättern erschien eine Annonce, die ungefähr aussagte:

...übergebe ich mein Geschäft am 1.November 1890 an meinen Sohn...

... Dank für bisherige und Bitte für weitere gefällige Kundentreue, bei Versicherung auch künftiger vorzüglichster Produktion feiner Fleisch- und Wurstwaren.

Fleischermeister Gustaf Stier

Fleischermeister Albert Stier

nebst Gattin Auguste Maria Stier, geb. Hegereiter

Walburga schäumte über die Auslassung ihrer Person in der Anzeige.

Unbeeinflusst vom Geschehen in der Familie, entschieden die Militärs, dem Albert Stier die Unabkömmlichkeit wegen Geschäftsinteressen bis auf weiteres zu bestätigen. Dr. Nagel sagte, damit wäre er, der Albert, aus dem Schneider, weil er ja nun schon selbst Eigentümer sei. Die Einschränkung wäre nur eine Formalie.

Der Verfall Gustaf Stiers schritt schneller fort und noch vor dem Jahresende 1890 verschied er im Alter von nur fünfzig Jahren. Albert beerdigte seinen Vater neben der Mutter Selma und dem Großvater Franz.

Die Testamentseröffnung führte zu einem Eklat. Walburga drohte gleich mit dem Reichsgericht und zerschmet-

terte fast die Bürotür des Anwaltes beim Hinausstürmen.
Sie erbte den Hausstand, eine kleinere Abstandsumme und
eine dürftige monatliche Rente, die von Albert, dem
Haupterben, aus dem Geschäftsertrag zu zahlen war. Große Sprünge erlaubte diese Versorgung nicht. Mit einem
Einspruch würde sie außer Kosten zu ihren Lasten nichts
erreichen, teilte ihr der Anwalt vorsorglich mit. Und da
wäre auch noch eine bei ihm hinterlegte Erklärung seines
Klienten Gustaf Stier über ein gewisses Vorkommnis. –
Die Angst stieg ihr bis in die Kehle, dass sie für Lohn arbeiten müsste oder sogar einmal bettelarm sein würde. Sie
überlegte, ob ihr mit fünfundvierzig Jahren noch eine Heirat möglich wäre. Wir denken, die Umtriebige hat das geschafft und verabschieden sie aus der Geschichte, zumal
Albert ihr stracks die Wohnung in seinem Hause kündigte.

Endlich Herr

Mit dreiundzwanzig Jahren selbständiger Meister und
Besitzer zweier Häuser war nun genug Rechtfertigung, den
runden Hut in der Öffentlichkeit ständig zu tragen. Obermeister Otto unterstützte Albert, in der Innung seinen
Platz zu finden. Man beroch sich und wartete ab. „Der
wird knallhart", dachten sich manche der 41 Meister.

Albert berechnete, dass im Durchschnitt 600 Einwohner
von einem Meister versorgt wurden. Es gab auch die sogenannten Krauter, die nicht mehr als ein halbes Schwein pro
Woche verkauften, die Wurst noch mit der Hand stopften.
Es gab zwei, die im Sommer auf den Bau gingen, weil sie
nur einen kleinen in den Hang gehauenen Eiskeller hatten.
Im Winter bedienten sie die unmittelbare Nachbarschaft.

Zu den Sitzungen der Innung erschienen sie nicht. Dann gab es natürlich echte Konkurrenten mit einem oder zwei Gesellen. Doch auch die hatten sich über Jahre gegenseitig arrangiert, und keiner unternahm etwas gegen den anderen. Einmal gab es Zoff, weil die Ehefrau eines Kollegen mit Wurstpäckchen zu Leuten in die Wohnung ging, um Kunden zu werben. Das Delikt „Unlauterer Wettbewerb" wurde intern von der Innung mit Bußgeld geahndet.

Albert überschlug, er hätte 1500 zu Versorgende für den Anfang. Nähme er 20 Geschäften in seiner Hälfte der Stadt nur 20 Kunden ab, kämen schon 400 Neukunden mit vier bis sechs Familienköpfen dazu. Dann hätte er mehr als das Doppelte gegenüber jetzt. Aber 20 Kunden sind gar nichts; bald würden einige Krauter schließen müssen. Außerdem kalkulierte er mit dem Alter mancher Allein-Meister. Es würde kein Anreiz für Geschäftsübernahmen sein, wenn der Umsatz des jeweiligen Ladens merklich zurückging. Und nicht zu vergessen war das Umland. Aber die weiten Wege? In den Großstädten waren die Kunden beweglicher, weil es da den Pferde-Omnibus oder sogar die Pferdebahn gab. Wenn jemand Bestellzettel sammelte, könnte man mit den fertigen Paketen zu denen hinaus fahren. Ach was, erst mal das Nächstliegende!

Albert bereicherte und veränderte nun sein Sortiment nach seinem Willen. Die Wiener Würstchen erlangten in der Stadt einen enormen Ruf durch die Mundpropaganda. Richard war in einem Papier zur Geheimhaltung aller Geschäftsgeheimnisse verpflichtet worden.

Gustl entgrätete jedes Mal den Aal in der Küche und rieb ihn durch ein Haarsieb für ihren Meister. Manchmal holte der Geselle Richard die Paste bei ihr ab. Sie machte auf ihn einen beinahe einschüchternden Eindruck durch ihre liebenswürdige Art und ihre natürliche Schönheit. Er sollte zu ihrem dauerhaften Verehrer werden, was sie zunächst höchstens ahnen konnte.

Ganz groß schlug das erste Weihnachtsgeschäft eben mit diesen Würstchen und den vielen anderen Waren ein. Portionierte Würste und Lachsschinken zum Verschenken mit Schleifchen und weihnachtlichen Anhängseln bot kaum ein anderer mit dieser Verve an. Seine Annoncen formulierte Albert zusammen mit Gustl und es war gut und neu, was sie da schrieben.

Erschrocken war Albert an einem Advents-Samstag über die Schlange vor seinem Laden. Mann, der war zu klein!

Sein Wohnhaus war fast leer. Die Frau Niemann hustete zwar stark, aber sie sagte, dass täte sie schon immer. Gut, das Erdgeschoss würde reichen.

Albert ging zu seiner Bank und fragte nach einem Kredit. Der Herr Direktor persönlich empfing den jungen Unternehmer. Man kannte sich. Albert legte seine Vorhaben dar. Zunächst wollte er im Erdgeschoss des Wohnhauses in aller Ruhe den neuen Laden bauen lassen. Im alten Laden sollte das Geschäft weiter laufen.

Danach sollten schrittweise neue Arbeitsräume entstehen. Er hatte eine Art Ablaufplan dabei. Provisorien, welche die Hygiene der Produktion stören könnten, kamen nicht vor. Seine Umsatzsteigerung in kurzer Zeit beeindruckte den Bankdirektor. Der schlug vor, auf beide Häuser jeweils eine Hypothek zu legen. Von Vorteil war auch, dass etwas Eigenkapital vorhanden war.

Die Schwestern hatten angeboten, ihm auch Geld zu leihen. Aber das wollte Albert auf keinen Fall annehmen.
Abhängig von Verwandten sein, kam nicht infrage.

Der Ladenbauer aus Chemnitz legte eine sehr große
Mappe mit kolorierten Zeichnungen vor. Muster von Kacheln und Fliesen hatte er auch dabei. Gustl war hingerissen. Sie sollte in einem solch schönen Laden stehen, ihrem
Laden? Ein Traum ginge in Erfüllung! Sie hatte nämlich
einen modernen Laden schon in Leipzig gesehen. Die beiden entschieden sich für eine Ausführung in Weiß und
verschiedenem Blau. Über einem dunkelblauen umlaufenden Sockel sollten weiße Felder von mittel- und hellblauen
zarten Girlanden eingefasst sein. Die floralen Elemente
standen plastisch erhaben auf den Flächen. Die Decke des
Ladens würde aus Glas mit Hintermalung sein, idyllische
Tierszenen in Landschaften darstellend. Produzent der
Fliesen und Kacheln war eine Fabrik in Meißen.
Der L-förmige Ladentisch und praktische Ablagen auf
Konsolen sollten mit weißem Marmor belegt werden.
Sie hatten höchste Qualität gekauft.
Die Fließen waren so genau maßhaltig, dass sie ohne Fugen
verlegt werden konnten.
Albert Stier galt schon etwas in der Stadt. Und so gelang es
ihm auch, die Stadtbehörde für sein Projekt zu gewinnen.
Das Problem war die höhere Brandlast zweier miteinander
verbundener Häuser. Es wurde zwischen dem Baumeister
und dem zuständigen Beamten gelöst.

Während der Planung und Ausführung des Ladenbaues
liefen Albert und Richard zur Hochform auf. Sie produzierten mit größter Sorgfalt und probierten mit verschiedenen
Arbeitsmethoden aus, wie man bei einer Wurstsorte das

beste Ergebnis erzielen könnte. Zum Beispiel die Bierwurst; da schroteten sie einmal das Fleisch mit der gröbsten
Scheibe des Wolfes, zum anderen nahmen sie dafür die
altmodische Fleischquetsche. Und siehe da, die konnte es
besser. Die beim Zerrreißen entstehenden feinen Fleischfasern verwoben sich beim Mengen und Rühren besser miteinander und das ergab ein glatt glänzendes Schnittbild.
Auch war das Produkt saftiger, ohne Saft fließen zu lassen.
Sie füllten die Bierwurst in Kalbsblasen, die eine sehr schöne, spitz zulaufende Form haben. So eine Blase, goldbraun,
heiß geräuchert, kesselheiß angeschnitten, ist ein Geheimtipp. Schöne Oberfläche, fester Biss, gute Rauchnote, warmer Duft der Gewürze wie Pfeffer, Piment, Muskatblüte
und Senfkörner, ein Gedanke von Knoblauch, alles so gemischt, dass nichts davon vorschmeckt, da bleibt bei zwei
Männern nicht viel von einer solchen Wurst übrig.

Die Kundschaft merkte, hier gab es wirklich gute Ware.
Gustl hängte in ihrer Begeisterung eine Abbildung der Architektenzeichnung vom neuen Laden auf. Die Leute wurden neugierig.

Aber Albert nahm das Blatt wieder ab.

Gustl war traurig. Er hatte ihr auch verboten, den Stuhl,
mit der weißen Schürze darüber gebreitet, vor die Ladentür
zustellen. Das war das alte Zeichen: Die frische Wurst ist
da, der Meister ist mit der Arbeit fertig. „Solchen altmodischen Mist kannst du in Waldenburg machen, aber nicht
hier in der Stadt", bemerkte er dazu.

Vom Fenster der Wurstküche aus sah Albert eines Tages,
wie seine Frau einen Bogen um die neue Fläche über der
ehemaligen Grube machte und dabei von der Seite ängstlich darauf schaute.

„Weiber", dachte er, weiter nichts.

Schnee

Um Vieh einzukaufen, lieh sich Albert Pferd und Wagen bei seinem Spediteur. Er bekam immer denselben braunen Wallach und einen leichten Jagdwagen.

Darauf bestand er.

In der zweiten Hälfte des Januar 1891 fuhr er über Gößnitz ins Altenburger Land zu Bauern, von denen er wegen ihrer guten Schweine gehört hatte. Er kannte noch keinen der Männer. Daher verging der Tag mit Reden und Schachern. Erfolg würde sich einstellen, weil Albert versicherte, er zahle stets in Gold. Er wusste ja schon, da gab es bessere Preise. Der erste Kauf war für den nächsten Monat eingefädelt.

Es wurde duster und Schneefall setzte ein. Den schweren Kutscherpelz aus Schaffellen mit einem Strick fest gegürtet, machte er sich auf den Heimweg. Durch die engen Straßen in Gößnitz war er etwas geschützt. Aber als er auf die schnurgerade und schier endlose Chaussee gelangte, wehte ihm der Schnee so in die Augen, dass er erst einmal anhalten musste. Aus einem Jutesack machte er sich eine Kapuze zum Schutz gegen das Schneetreiben. Dazu zieht man den Sack über Kreuz auseinander, stülpt einen Zipfel nach innen und steckt ihn in den anderen Zipfel. „Hüh!" Aber das Pferd blieb stehen. Er schlug es nicht, sondern stieg ab, gab ihm eine Pferdemöhre und sprach ihm zu. „Hüh", das Pferd ging weiter. Er hatte es schon immer gut behandelt.

Die Räder des Wagens prägten schon eine deutliche Spur in den Schnee, aber nicht für lange, denn es schneite immer stärker. Albert zündete umständlich eine Laterne an. Sie verhalf ihm zu keiner besseren Sicht. Eher blendete ihn der Schleier dicht fallender Schneeflocken. Aber der Braune sah wohl die alten Kirschbäume und wusste, er ist auf der Straße, nicht irgendwo.

Auch Albert sah jetzt den dicken knorrigen Stamm eines dieser Bäume und sprach ruhig auf das Pferd ein.

Der Baum war noch nicht weit zurück geblieben, da neigte sich urplötzlich der Wagen nach hinten. Ein Mann brüllte: „Geld her" und wollte Albert um den Hals fassen. Der Sack und der dicke Kragen des Pelzes erlaubten aber keine wirksame Gewalt. Albert drehte sich halbwegs nach hinten und stieß ohne klares Ziel in das Schneegestöber hinein mit dem Peitschenstiel zu. Der Mann schrie entsetzlich laut auf und stürzte aus dem Wagen. Aber ein zweiter Kerl sprang auf. Das Pferd war stehen geblieben. Weil der Fremde unmäßig brüllte, zog es ruckartig an und der zweite Angreifer fiel rücklings auf die Straße. Albert gab dem Braunen die Peitsche und ab ging es, bis ein Abstand groß genug erschien. Das Wehgeschrei des ersten Räubers hörte Albert noch ein Stück weit, vom zweiten war nichts zu vernehmen. Erstaunlich sicher hatte das Pferd die Fahrbahn eingehalten. Es spürte das Pflaster und sah die wenigen Chaussee-Bäume.

Die Gedanken jagten durch den Kopf. Was wäre, wenn er den ersten der beiden schwer verletzt hätte? Wenn der ohnmächtig würde, drohte ihm das Erfrieren. Ist der zweite auf den Kopf gefallen, weil von ihm gar nichts zu hören gewesen war? Polizeiliche Untersuchungen würden folgen. Er käme ins Gerede, obwohl er gänzlich unschuldig war. Das Geschäft würde Schaden nehmen. „Ach, so eine Scheiße! Verdammtes Gesindel, habt ihr nichts anderes zu tun, als mein Leben durcheinander zu bringen?" Da fuhr er unweit des Gasthofes seines Großvaters am Stadteingang vorbei und kam nach kurzer Zeit an den Moseler Berg, wo die Straße hinab nach Mosel und weiter nach Crossen und Zwickau führt. Dort stand ein Gasthaus. Keine Spur war in dem Schnee zusehen, nur hinter ihm seine eigene. Er fuhr ein gutes Stück abwärts, wendete und hinterließ im Umfeld der Kneipe eine Spur, die den Berg herauf führte. Die vor wenigen Minuten nach unten gezogene war schon nicht mehr sichtbar, weil es hier wehte. Er hielt, deckte das Pferd mit Decken ab und ging in die Gaststube. Der Wirt und drei Gäste machten Witze über den Weihnachtsmann, der sich wohl verlaufen hätte. Albert verlangte einen Grog und lauwarmes Wasser für das Pferd. Er käme von Mülsen Sankt Jakob und dort wäre alles zugeschneit. Damit das Tier nach der Anstrengung den Berg herauf nicht auskühle, müsse er schnell weiter. Es könne nur noch schlimmer werden.

Endlich kam er im Hof des Spediteurs an. Der Verleiher des Gespanns hatte das heutige Ziel nicht gekannt. Wen also könnte die Polizei noch fragen?

Dem Pferdeknecht erzählte er fluchend vom Moseler Berg, wo er hätte absteigen müssen, weil das Pferd es nicht mehr schaffte. Er half ausschirren und den Braunen mit Stroh abzureiben.

Auf dem Fußweg zu seinem Haus schlug er sich an die Stirn. Ihm waren die drei Bauern eingefallen, die er besucht hatte. Nach einigem Überlegen sagte er sich, die würden niemals zur Polizei gehen um zu sagen: „Ich weiß etwas". Und wenn die Polizei zu ihnen käme, würden sie auch nichts sagen, weil sie einen Abnehmer mit klingender Münze nicht verlieren mochten. So sind die!

Gustl war sehr aufgeregt, als ihr Mann in dem schlimmen Wetter draußen irgendwo vielleicht aufgehalten wurde. Umso erlöster empfing sie ihn und hing an seinem Hals. Er sagte ganz sachlich, sie solle sich künftig daran gewöhnen, dass es immer mal später werden könne. Um ihn brauche sie keine Angst zu haben. Dann erklärte er, dass er in Mülsen Sankt Jakob war und dort nichts ausrichten konnte, weil der Mann zum verabredeten Termin nicht zu Hause gewesen sei. „Aber zu dem wolltest du doch erst nächste Woche." Er antwortete: „Ja, ich Ochse habe das im Kalender falsch eingetragen."

„Ich dachte, du fährst ins Altenburger Land heute?"

„Das ist es ja, mir fiel beim Einspannen plötzlich ein, dass ich nach Mülsen müsste, elender Mist. So Schluss jetzt, ich will was essen, ein warmes Bier und schleunigst ins Bett." Das Letzte sprach er in dem Ton, der Gustl schon ein paar Mal erschreckte. Kalt, barsch und fremd klang das.

Zwei Tage später war in der Zeitung zu lesen, dem Vernehmen nach hätten die Männer mit dem Schneepflug gestern am zeitigen Morgen auf der Gößnitzer Chaussee zwei männliche Leichen gefunden. Die thüringische Polizei habe die sächsische um Amtshilfe gebeten und über weiteres würde die Redaktion einem geschätzten Publikum demnächst berichten.

Fakt war, dass der mit sechs Kaltblütern bespannte Schneepflug die Straße von irgendwelchen Spuren frei geschabt hatte und die Männer erst merkten, dass etwas im Wege lag, als das Handpferd stehen blieb und seine Genossen auch. Da lag, zugeweht vom Schnee, ein Mann in schlechten Kleidern in seitlicher Schlafhaltung. Ein weiterer lag mit dem Rücken am Stamm des dicken Kirschbaumes. Sein rechtes Auge hing an einigen Fasern auf der von Blut schwarz verkrusteten Wange.

Beide Menschen waren steif wie Bretter.

Der Gespannführer des Schneepfluges entschied sich für das Weiterfahren. Einen Jungen schickte er zurück nach Gößnitz zur Polizei, ein älterer Mann musste an dem Fundort bleiben. Das „Hindernis" legten sie von der Straße weg auf den eben mit dem Pflug aufgeworfenen Schnee.

Albert und Richard arbeiteten stumm nebeneinander. Da frug Richard: „Wie kam denn das eigentlich?"
„Was?"
„Na das mit den zwei Kerlen."
Albert schaute seinen Mann an, sah in diese offenen klaren Augen und wusste, er könnte sich bei ihm ungestraft aussprechen. Doch zuvor fragte er: „Meinst du die auf der Chaussee nach Gößnitz?"
„Ja."
„Ich bin dort nicht gefahren, ich war in Mülsen Sankt Jakob."
„Klar für mich", sagte Richard.
Und Albert erzählte: „Der erste sprang von hinten auf den Tritt am Wagen, dass der vorne hochging. Der Kerl brüllte: ‚Geld her!' Vor lauter Schnee und Finsternis konnte ich das Gesicht nur als Umriss erkennen. In dem steifen Pelz ist man ziemlich unbeweglich. Ich drehte mich nach hinten und stieß von der Seite her mit dem Peitschenstiel zu. So hier, siehste", er hatte einen Rauchspieß in beide Hände genommen und sich damit heftig nach hinten gedreht. „Da brüllte der noch lauter und fiel hinten zum Wagen raus. Ich konnte nicht sehen, wo ich ihn getroffen hab.
Weil ich die Zügel losgelassen hatte, war das Pferd stehen geblieben. Es hatte bei dem Sauwetter sowieso keine Lust mehr. Da sprang mich der Zweite an und brüllte wie ein

Vieh. Ich war aufgestanden und stieß den mit den Armen weg, das Pferd ruckte an, wahrscheinlich zum gleichen Zeitpunkt. Der fiel rücklings auf die Straße und ich mit dem Bauch auf die Lehne vom Kutscherbock. Mehr weiß ich nicht. Wollte nur schnell weg, hab die Peitsche genommen."

„Dann muss es so gewesen sein, dass die beiden eine Weile die Besinnung verloren haben, eingeschlafen und erfroren sind", konstatierte Richard. Und dann sagte er: „Ich kenn' den Pferdeknecht von früher. Heute geh ich mal so vorbei und quatsche mit dem. Dabei untersuch ich die Peitschenstiele, ob nicht etwa Blut an einem dran ist."

Albert sah Richard nicht an. Er stieß ihn mit der Schulter und nickte beifällig.

Dann erzählte er noch vom Moseler Berg.

„Gut", sagte Richard. Nach einer Pause meinte er noch: „Also die beiden haben so was bestimmt noch nicht oft gemacht. Die waren neu im Gewerbe. Dein Glück."

An keinem der Peitschenstiele im Stall konnte Richard Armack Blut feststellen. Getauter Schnee hatte es bestimmt schon abgewaschen.

Die Zeitung berichtete nach ein paar Tagen, die polizeibekannten Individuen hätten wohl einen Kampf ausgetragen, bei welchem es um das angebissene halbe Brot gegangen sein müsse, welches einer der beiden in der Rocktasche hatte. Mit welchem stumpfen Gegenstand das Auge des einen ausgestochen wurde, konnte nicht ermittelt werden, weil er wahrscheinlich mit dem Schnee hinweg geräumt wurde. Der andere Mann, der Täter, sei betrunken auf den Hinterkopf gefallen, ohnmächtig geworden und dann erfroren, wie sein Kumpan und Gegner.

Albert war erst einmal erleichtert.

Zwischen Albert und Richard wurde nie wieder ein Wort über den Zwischenfall gesprochen. Aber mit der Zeit fühlte Albert in seinem Innern etwas wie Erniedrigung vor seinem Angestellten. Der durfte doch durch sein Wissen um den Fall nicht zu seinem Intimus werden, der sich vielleicht irgendwann irgendetwas heraus nahm, sich aufwarf zu einem Mitwisser. Abstand sollte sein, bei aller Achtung, die er für Richard empfand. Komplizierte Sache.

Wir nehmen es vorweg: Richard blieb immer treu.

Gustl hatte die Meldungen über das Vorkommnis auf der Chaussee aufmerksam verfolgt. Auch manche Kundin ließ sich darüber aus. Was es doch immer noch für Gesindel gibt, war die allgemeine Ansicht. Aber Gustl hatte ihre Zweifel. Mehrmals erwachte sie neben ihrem Mann, der im Schlaf undeutlich redete, sich unruhig hin und her wälzte, sogar einmal um sich schlug. Sie weckte ihn aus seinem Traum und jedes Mal war er schweißgebadet. „Was ist denn", murmelte er stets. Morgens fragte sie, was er denn Furchtbares träume. „Weiß nicht mehr", sagte er.

Stier fühlte sich als ganzer Mann, anderen in vielem überlegen und hart genug für das freie Leben. Aber er ertappte sich dabei, über die Toten um ihn herum nachzudenken. Drei waren es jetzt mit dem in der Grube. „Aber ich bin doch schuldlos", sagte die innere Stimme. Und sie fragte auch: „Wie werde ich denn diese finsteren Gedanken wieder los" oder „bin ich etwa weichlich?"

Einige Ablenkung suchte er, wenn nicht in der Arbeit, so einmal in der Woche, freitags, am Stammtisch im „Sächsischen Hof" Große Politik wurde dort gemacht. Der Nachfolger Kaiser Wilhelms I., Kaiser Friedrich III. war nur 99 Tage nach seinem Regierungsantritt an Krebs gestorben.

Was ist Krebs? Dessen Sohn, nun Kaiser Wilhelm II., Enkel der Königin Viktoria von England wurde gefeiert. Bismarck trat nach 30 Jahren aus dem Dienst der Hohenzollern. Oder wurde er entlassen vom jungen Kaiser? „Na der wird schon wissen, was sein muss. In Deutschland geht es vorwärts, vielleicht hemmen da solche alten Herren nur? Aber jetzt haben sie sein Sozialistengesetz außer Kraft gesetzt. Versteh ich nicht. Denn nun haben wir's: Die SPD hat sich im Reich breit gemacht. Aber auf die wird schon aufgepasst, da kannst du Gift drauf nehmen. Jawoll! Hier in manchen Fabriken jubeln die Proleten. Die Stadt ist ganz schön rot. Na kommt Zeit kommt Rat. Prost erschtmal".
So oder so ähnlich hat es geklungen.

Der Laden

An einem Freitag im März kam Berti, das Ladenmädchen, in die Wurstküche und sagte, da wäre einer und der hätte gesagt, sie solle dem Meister nur sagen: „Der Lob wär' da". Der Meister schmunzelte und gebot: „Sofort hinter schicken!"
Berti rannte.
Da stand er nun, war gewachsen, kräftig, gerade und mit lachendem Gesicht, einem Jungengesicht immer noch. Albert begrüßte ihn freundlich und stellte ihm den Herrn Richard vor. „Nu erzähl mal, wo kommst du her, wo willst du hin. Aber rede hier nicht wie *dor haam* im Gebirge!"
„Naa, ä, nein, das hamse mir schon iberall abgewehne wolln, bin auch schon besser worn." Er erzählte von seiner Wanderschaft bis nach Magdeburg und sagte einfach und treuherzig: „Ich hoh, ä, ich hab mir gedacht, vielleicht

kennt ich bei ihne orbeiten, wo mir uns doch so gut vertragen ham."

„Da muss ich erst nachdenken. Geh in die Küche, da kriegste was zu essen und zu trinken."

„Is schie, ist schön, dankschön." Lob ging.

„Was denkst du? Ich kenne den aus Chemnitz vom Schuhmann her. Der war dort Lehrling. Guter Kerl, auch nicht langsam", wandte sich Albert an Richard.

„Sag doch, dass hier vier Wochen auf Probe eingestellt wird. Ich hab das in Straßburg selber erlebt. Und dann prüfst du sein Wanderbuch."

„Hm, gut" Der letzte Rat Richards war an sich zu viel an Belehrung nach Alberts Gefühl.

Gottlob Schönherr wurde eingestellt und Gustl hatte ihren heimlichen Spaß mit dem treuherzig-jungenhaften Burschen.

Der Ladenbau im ehemals Niemannschen Haus begann mit dem Herausreißen nichttragender Wände. Dann wurden in schwierigen Manövern Eisenträger unter der Decke und über künftigen Durchgängen eingezogen. Die Fassade des Hauses wurde kunstvoll abgefangen, damit zwei große Schaufenster Platz finden sollten. Der Fußboden würde etwas tiefer liegen, um die Raumhöhe des Ladens zu vergrößern. Der Betrieb im bisherigen Laden blieb völlig unbeeinträchtigt. „Geniale Idee, damals das Nachbarhaus zu kaufen", lobte sich Stier wiederholt.

Zur Eröffnung des neuen Ladens, Ende September 1892, fertigte Richard Armack Pasteten und Rouladen. Formen und Kästen waren bei der Firma Anger in Chemnitz bestellt worden. Richard hatte das in Straßburg gelernt und der Erfolg der Schaustücke im Fenster war ein großer. Gottlob vermochte weiße Rosen aus dünnen Speckscheiben zu modellieren. Die Schaufenster lagen nach Osten. Gegen die Vormittags-Sonne wurden sie von neuartigen Markisen beschattet, die mit einem Kurbel-Werk aus- und eingerollt werden konnten. Der helle Stoff sorgte für ein schönes Licht. Der Laden in Weiß und Blau war eine Sensation in der Stadt. Obermeister Otto ließ es sich nicht nehmen, zur Eröffnung zu kommen. Auch einige andere Meister oder ihre Frauen beäugten die Novität. „Guck mal an die Decke", war ein häufig zu hörender Ausruf. Die Hinterglasmalerei war angeblich von einem akademischen Maler ausgeführt worden. Man sah dort einen Bullen, welcher der Morgenröte entgegen brüllte. Dass der Morgen kühl war, merkte der Betrachter an der Dampfwolke, die das mächtige Tier ausstieß. Auf sonniger Weide standen großäugige Kühe, schwarzbunt und rotbunt. Ihre Kälber tummelten sich drum herum. An einer Ecke standen rosige Schweine im Gatter. Zicklein und Lämmer schauten vertrauensvoll ihrem Schicksal entgegen. Dazwischen Blumen und Girlanden. Zwei dicke Milchglasgefäße hingen als Leuchten im Raum. Die Leute waren hingerissen, die Konkurrenz geplättet. Bescheiden nahm sich die Firmierung aus. Nur in den beiden Schaufenstern war jeweils ein schöner, mit Gold hinterlegter Schriftzug mit dem Namen des Inhabers *Albert Stier* angebracht. Die Menschen wussten doch: das hier ist eine Fleischerei.

An den Gehängen waren die Würste nach Größe, wie die Orgelpfeifen, aufgehängt. Hinter einer Glasfront standen, für die Kunden aus nächster Nähe zu sehende Platten mit Aufschnitt, Pasteten und Rouladen, angeschnittene Wurst nach Sorten. Dass man die Pasteten sogar schneiden und

essen konnte, war unglaublich, meinten Kunden. Man be-
staunte auch die neue Aufschnittmaschine, welche die
Scheiben wahlweise dicker oder dünner schneiden konnte.
Und zwischen allem strahlte die stolze und fröhliche Frau
Stier. Kinder bekamen von ihr Würstchen und andere
Kostproben gereicht und auch die Großen durften Wün-
sche nach Proben äußern. Ein großer Tag war das für
Gustl, Meister und Gesellen, die zwei Verkäuferinnen,
Fräulein Berti und die neue Frau Hofmann.
„Und wenn morgen wieder aufgemacht wird, dann geht die
Freude weiter", sagte Gustl nach dem Saubermachen.
„Wenn die Kasse nur dauernd immer so klingelt", wünsch-
te sie sich. Der Lob konnte sich als Nachkomme von Bast-
lern denken, dass sich die Klingelei auch abstellen ließe.
„Soll ich ämol nachgucken", fragte er. „Nein, die Klingel
bleibt an", gebot die Meisterin.

Sorgen

Der Laden war durch „unvorhersehbare Hindernisse und
Gegebenheiten" teurer geworden als geplant. Albert sprach
nicht darüber. Verbissen beharrte er auf seinen Plänen und
ließ mit dem Bau der neuen Arbeitsräume beginnen. Ein
Ingenieur der Firma Anger Chemnitz lieferte den Plan für
die künftig rationelleren Arbeits- und Transportprozesse.
Nach der Kühlung sollten Zerlegung und Wurstherstellung
getrennte Abteilungen werden. In der Unterkellerung würde das Darmlager und, strikt getrennt davon, der Pökelkeller untergebracht sein.

Innung und Stadt hatten in dieser Zeit mit der Planung eines Schlachthofes begonnen. Anteile sollten gezeichnet werden. Noch mehr Geld!

Ein Glück, das Geschäft blühte. Manche Wurstsorte war vor der Zeit ausverkauft. Mindestens noch ein Geselle wurde gebraucht.

Dem Meister brummte Tag für Tag der Kopf. Sorge und Hoffnung wog er ständig gegeneinander ab. Und in der nicht leicht lösbaren Anspannung begann er, auch kleine Fehler mit Gebrüll zu ahnden. Niemand war davor gefeit, auch Gustl nicht. Sie machte sich Sorgen um ihren ruhelosen Mann. Sein Anschnauzen beleidigte sie, die doch alles gab, was sie konnte, die mitdachte. Als er einmal sagte: „Kümmer dich um dein Zeug, ich hab selber einen Kopf zum denken", weinte sie zum ersten Male bitterlich, was ihn noch mehr erzürnte. Sie lief weg, weil sie sich übergeben musste. Hier hatten sich zwei Reize überlagert. Der eine kam aus ihrem Bauch. Als sie ihrem Mann sagte, sie würden ein Kind bekommen, war er nicht begeistert. Er ließ sie einfach stehen.

Ihr Kummer war groß. In einem Brief an die Eltern schickte sie einen leisen Hilferuf aus. Die Hegereiters kamen sofort am nächsten Sonntag. Sie waren schon vor der Neueröffnung einmal kurz dagewesen. Aber an diesem Tage merkten sie noch nicht, dass ihre Tochter nicht immer glücklich war.

Schwiegervater Edgar Hegereiter ging mit Albert auf die Baustelle und versuchte, nach dessen Sorgen zu fragen. Ob er denn das alles stemmen könne, ob er Hilfe brauche. Der Schwiegersohn wich aus. Weil Hegereiter nicht sehr geschickt agierte, blieb es am Schluss des Rundganges bei dem Satz: „Mein Mädel steht dir schon bei, sei nur immer gut zu ihr, gerade jetzt, wo sie in anderen Umständen ist." Albert sah ihn aufhorchend an, sagte aber nur: „Na klar".

Der Abschied am Abend war von Seiten Alberts kühl. Er spürte, dass seine Frau ihren Eltern irgendetwas gesagt haben musste. Sie aber hegte die Hoffnung, ihr Mann würde seine Ruhe zurück gewinnen und sollte sich täuschen.

Er nahm ihr heimlich das „Anschwärzen" bei den Eltern übel, war eifersüchtig auf sie, weil seine Leute sie sehr mochten, was häufig zu hören war. Er haderte mit seinem Gewissen. Die Gedanken an beide Unglücke, in der Grube und im nächtlichen Schnee, ließen sich nicht abstellen. Das Geld wurde knapp. Er stritt mit dem Baumeister über dessen Forderungen. Das Leben war schwer für ihn, den Einzelgänger von Kindheit an. Seinen Schwiegervater hätte er schon gerne einbezogen. Aber nun, nach dessen Hineinreden in seine Ehe, mochte er das auch nicht mehr. Schließlich wurden die Fundamente für einen größeren der neuen Räume im zugekauften Grundstück abgedeckt, der Weiterbau verschoben. Der fast fertige Teil des Baues wurde weitergeführt. Stier empfand die Bremsung einesteils als Niederlage, andernteils verschaffte ihm die Maßnahme Erleichterung. Dass er erst 25 Jahre alt war und noch viel Zeit haben würde, kam ihm nicht in den Sinn. Bei der Bank schätzte man ihn für das Einlenken gegen sich selbst und war zufrieden mit dem Bedienen der Schulden.

Im ersten Winter gab es viele kalte Tage im neuen großen Laden. Gustl und die Verkäuferinnen froren sehr. Sie trugen Pulswärmer oder sogenannte Müffchen. Gustl fragte die Frauen ernsthaft, ob sie auch ihre dicken aufgerauten Unterhosen anhätten. Einmal stand die Tür nach hinten offen und warme Luft gelangte in den Laden. Die Schaufenster liefen innen an. Da fuhr der Meister herein und stemmte einen Holzkeil in die ganz geöffnete Eingangstür. Gustl empfing einen furchterregenden Blick, den sonst niemand sah. Da wurde es ihr auch in der Seele kalt.

Ein andermal war sein Zorn unmäßig, weil er auf einer weißen Marmorplatte zwei graue Ringe entdeckte, die von nassen Böden zweier Gefäße mit Brühe stammten.

Obwohl Gustl häufig nach Frau Niemann schaute, ist die alte Frau klammheimlich gestorben. Kein Leiden, kein Aufsehen, kein Hilferuf. Sie lag friedlich in ihrem Bett. Gustl erschrak nicht, aber sie war betroffen. Albert schickte ohne eine Stellungnahme das Dienstmädchen zur „Leichenfrau" und ließ ein Telegramm an die älteste Tochter aufgeben.

Platz für Gesellenkammern war geworden.

Ganz und gar erschrocken war der Gottlob Schönherr über die gelegentlichen Ausfälle des Meisters. Schnitt er das Fleisch für die Thüringer Blutwurst, war es zu grob; das für die Sülzfleischwurst war zu klein und nicht exakt gewürfelt. „Beim Deifel, was hast denn du gelernt", brüllte einmal der Meister. Da war der Lob sehr beleidigt. „Hier bleib ich net", sagte er zu Richard Armack. Der hatte erkannt, dass Gottlob ein tüchtiger und williger Geselle war und sagte: „Du bist doch keiner, der beim ersten Sturm umknickt, nu wart mal ab; wird schon."

Ein weiterer Geselle trat an. Nun hatte der fürs Erste einiges auszuhalten.

Albert kam von der Baustelle und war aufgebracht über ein Detail, welches die Bauleute nach seiner Meinung nicht richtig ausgeführt hatten. „Wegreisen" hörte man ihn brüllen. Er stürmte in die alte Wurstküche. Der Neue stand für einen Moment, als wäre nichts zu tun. Albert fasste ihn ins

Auge, suchte etwas an ihm, nahm den Lappen, den der Mann am Schürzenband eingeklemmt hatte, roch daran und warf ihm den Lappen ins Gesicht. „Sau" brüllte er dazu im Weggehen.

Die Männer sahen sich an, sagten nichts.

Nach einer Stunde kam der Meister, ging mit einem neuen Lappen zu dem Gesellen und sagte ruhig: „Hier, jeden Abend gut auswaschen und trocknen lassen. Sonst gibt's Bazillen." Der junge Mann war den Tränen nahe. Er verstand als zur Untertänigkeit erzogener Mensch, dass der Stolz des Meisters keine Bitte um Entschuldigung zuließ.

Frau Hofmann bediente dienstags am Vormittag ab 10:00 Uhr allein. Der Lob hatte ihr ungewollt den Gedanken eingeflößt, die Kassen-Klingel ließe sich abstellen. Sie schaffte das mit zusammengefaltetem Packpapier. Nur eine kurze Zeit operierte sie zweimal an diesem Tag. Als sie zu Mittag nach Hause wollte, sie ging dabei über den Hof, schaute Albert aus dem Fenster des Arbeitsraumes. Er ließ sein Messer liegen und rannte hinaus.

„Frau Hofmann, Moment mal." Sie blieb stehen und sah ihn freundlich an. Er schaute ihr in die Augen. Sie fing an zu zittern.

„Schuhe ausziehen!" Sein Brüllen ließ sie zusammenzucken.

„Warum denn?"

Stier sog die Luft durch die Nase, sie wusste nicht, was er gleich täte und zog die Schuhe aus.

Links war es ein 1-Mark-Schein, der aus dem Schuh gelugt hatte, rechts war ein Markstück verborgen. Sie reichte ihm das Geld.

Zufrieden mit sich sagte der Meister: „Mit dem, was Sie schon geklaut haben, ist ihr Lohn abgegolten. Raus jetzt!"
„Zeigen Sie mich jetzt an?"
„Raus, hab ich gesagt!"
Er zeigte sie nicht an. Beim Stier hatte alles in Ordnung zu sein.

Richard Armack hatte sich verbeten, dass Stier ihn anblaffte. Und er tat richtig damit. Stier merkte, dass er einige Male zu weit gegangen war und machte Armack jetzt offiziell zum Erstgesellen. Auch das Gehalt erhöhte er. Er schenkte ihm zu Weihnachten einen runden schwarzen Hut. Das rührte den Beschenkten sehr. Es war für ihn ein Ehrengeschenk. Denn alle Leute sahen nun, dass er in der Firma etwas bedeutete. Er trug den Hut jeden Tag auf dem Arbeitswege und wenn er in die Kneipe ging. Niemand hänselte dort den ernsthaften Mann wegen des Hutes.
Er war es, der den Gesellen zusprach, wenn sie sich ungerecht behandelt fühlten. Er sagte nicht etwa, dass der Meister eine Menge Sorgen habe, er sagte: „Das muss erst mal einer nachmachen, was hier in kurzer Zeit passiert ist.
Da brauchste Nerven wie Kälberstricke.
Und hast du den mal beim Arbeiten beobachtet?
Da kannste allerhand abgucken."

***

Schlimmer Verdacht

Der Knabe hieß Albert Franz Edgar Stier. Praktischerweise nennen wir ihn Albert II. Als er in die Schule kam, konnte er bereits lesen. Nach einem Jahr in der Schule übersprang er eine Klasse. Aber ein Glas Milch einzuschenken, ohne reichlich zu verschütten, brachte er nicht fertig. Wurde er zu einer Besorgung geschickt, kam er zurück und fragte: „Was soll ich gleich sagen?" Wenn andere Kinder spielten und tobten, stand er abseits in Gedanken versunken. Im Theater zählte er die Sitze und rechnete die Einnahme bei vollem Hause aus, wohlgemerkt nach Preiskategorien, die an der Kasse aushingen. Für jegliche Handreichung in der Fleischerei war er völlig untauglich. Das störte ihn selbst gar nicht, weil er Geschimpfe nach gewissen Pannen nicht anhörte und schon vergessen hatte, worum es ging. Er hockte mit einem Buch irgendwo im Haus und wäre von alleine nie zum Essen gekommen. In seinen ersten Jahren genoss Gustl Stier ihr Mutterglück. Dann begann sie sich Sorgen um die Lebenstüchtigkeit des Sohnes zu machen. Natürlich kam Albert II. aufs Gymnasium. Als er etwa 14 Jahre alt war, wurde sein Vater eines Tages vom Direktor gebeten, unverzüglich bei ihm vorzusprechen. Der Herr Professor legte gewunden dar, dass ihm die Freundschaft des Zöglings Albert zu dem Fabrikantensohn Benno (er nannte den stadtbekannten Namen) zu intensiv erscheine. Absonderung von den Klassenkameraden und Aufenthalte an bestimmtem Orte gäben Anlass zu kritischer Beobachtung durch Teile des Lehrkörpers. Die Herren hätten sich besorgt geäußert.

Albert Stier wütete die nächsten Tage gegen alles. Gustl bat inständig, ihr doch zu sagen, was der Direktor über den Sohn gesagt hätte. „Nein", brüllte er und stürmte davon.

Seine sechs Gesellen duckten sich und sogar ihr Polier Richard Armack vermied Augenkontakt und Anrede mit dem Chef. Die zwei Lehrlinge senkten den Blick und bückten sich über ihre Arbeit. Bloß nicht auffallen, keinen Angriffspunkt bieten, … und immer „scharf loofen", das heißt rennen.

Stier stand dauernd dieser Generalvertreter Auermann vor Augen. Ekel und Abscheu nur konnte da ein deutscher Mann empfinden. Was tun? Mit dem Jungen zu reden verbot sich ja wohl von selbst. Den Doktor Pfefferkorn einweihen? Nee, das brächte er nicht fertig. Nur außerschulische Treffen der beiden Jungen ließen sich unterbinden.

Schließlich ging er noch einmal zum Gymnasial-Direktor, um sich zu besprechen. Man kam überein, Albert II. in ein weiter weg befindliches und renommiertes Internat zu bringen. Damit war zuerst einmal das „Paar" getrennt. Dann würden weitere Beobachtungen ergeben, ob ärztliches Eingreifen notwendig sei. Die Maßnahmen wurden sofort eingeleitet und erledigt. Gustl wurde vor die vollendete Tatsache gestellt. Als sie nun endlich den Grund zu wissen begehrte, sagte Albert: „Damit er kein Erzsünder wird." Sie verstand nicht. „Damit er mal Frau und Kinder haben soll und nicht nach Männern guckt! Begreifst du endlich?" Gustl fiel in tagelange depressive Stimmung. Aber im Laden war sie die Regentin, die zuvorkommende Verkäuferin, die freundliche und schöne Frau. Und weil sie nach den Geburten (wir kommen dazu später.) eher schöner und fraulicher geworden war, repräsentierte Stier gerne mit ihr. Sie gingen sonntags ins Café. Sie fuhren nach Altenburg ins Theater. Im Sommer fuhren sie auch nach Waldenburg, um mit den Eltern in einem bekannten Sommerlokal einzukehren. Kein Mensch hätte zu dieser Zeit den Kummer erahnen können, den Gustl aus mehreren Gründen in sich trug.

Bei Albert II. konnten im Internat keine homoerotischen Neigungen festgestellt werden. Er vermisste die Mutter und litt anfangs unter der Trennung von seinem Freund. Gleiche wissenschaftliche Interessen hatten die beiden Halbwüchsigen verbunden. Im Internat belegte er den naturwissenschaftlichen Zweig. Nach dem Abitur studierte er Chemie, promovierte und war sein Leben lang bis kurz nach dem II. Weltkriege in der Forschung eines bekannten Berliner Pharmaziekonzerns tätig. Er blieb unverheiratet und hatte keine Kinder.

Der Vater hatte den Linkshänder und Tollpatsch, Spinner und Träumer beizeiten als etwaigen Nachfolger im Geiste aussortiert. Viel später, als alter Mann, sagte er am Stammtisch oder in der Kneipe häufig: „Mein Herr Sohn, der Doktor in Berlin…"

Am Katzentisch

Das Ansehen der Stiers in der Stadt war das einer fleißigen und ehrbaren Familie, das handwerkliche Können des Meisters geachtet. Albert, der Ehrgeizige, jetzt fast 33 Jahre alt, suchte nun auch einen Kreis, der seiner Reputation entsprach. Man sah ihn freitags am Abend häufig im Restaurant des Hotels Hertel. Zwei Ziele bestimmten diesen Weg: Er wollte Lieferant des Hotels werden und er suchte die Nähe der Honoratioren, welche den Stammtisch

bildeten. Der Hotelbesitzer vertröstete ihn mit dem Liefe-
rantenstatus. Er sagte, dass er nicht auf knall und fall den
Meister Ackermann hinausdrängen könne. Ja, aber wenigstens einen Teil könnte doch er, der Stier, liefern. So kam es
dann. Hertel verstand auch den Wunsch Stiers, vom
Stammtisch aufgenommen zu werden. Jedoch müsste erst
einer der Herren das Zeitliche segnen; es wäre ja zurzeit gar
kein Platz für einen weiteren Stuhl. Und ob da nicht schon
der oder jener Aspirant im Hintergrund warte, wisse er
auch nicht genau. „Aber hören Sie, Herr Stier, ich lasse Sie
vom Oberkellner ganz in die Nähe der Herren setzen,
wenn Sie zu Ihrem Abendschoppen kommen. Da werden
sich Anknüpfungspunkte im Gespräch ergeben."
Stier hatte schon mehrfach an seinem Tischchen Platz gehabt, wo er den Herren zuprosten konnte. Am ersten
Abend eines Stadtfestes arrangierte er den Auftritt des
Männer-Gesangs-Vereins „Concordia" im Restaurant. Die
Sänger standen zum Stammtisch hin gewendet. Der Diri-
gent, Oberlehrer Märker, bedankte sich bei Herrn Fleischermeister Stier mit schöner Rede für die Spende zugunsten des Vereins. Somit war klar, wem man dieses Vergnügen verdankte. Beim Schluss-Applaus wendeten sich die
Stammtischbrüder daher auch dem Herrn Stier zu.

Eines Abends erzählte der Polizei-Direktor Hartig, es
habe in Leipzig eine schwere Schlägerei gegeben. Den Tat-
ort müsse er verschweigen, weil der eigentlich honorig sei.
Man ahne ja nicht den Grund dafür. Tatsächlich, nein, man
will es gar nicht glauben, wüsste man das nicht von Amts
wegen; da waren doch Wagnerianer und Verdi-Verehrer
aneinander geraten. Man schlug sich mit Stühlen und Stö-
cken, benutze die blanke Faust, so lange bis jemand ohnmächtig am Boden lag.

Er schloss seinen Bericht mit dem Ausruf: „Kolossal".

Hartig hatte plötzlich den Einfall, den nebenbei sitzenden Stier einzubeziehen, weil er sich einen Spaß wegen dessen vermeintlicher Unwissenheit erhoffte. „Herr Stier, Sie als starker Mann, könnten Sie sich wegen so was prügeln?"

„Ja, die Herren, prügeln fängt dort an, wo der Verstand aussetzt. Für mich hat jeder der beiden Komponisten seine Berechtigung, seine hohe Berechtigung, wegen seiner großen Werke. Was für Musik! Haben Sie den „Rienzi, der letzte der Tribunen" gesehen? Der Mann will das Recht in Rom wieder aufrichten und schafft es nicht. Wunderbar sein Gebet in der Verzweiflung. Das erschüttert den Mann. Setze ich nun Verdis „Maskenball" dagegen und bedenke, wie ein verratener König sterbend seinen Feinden verzeiht, da muss ich fragen, wer will denn hier über unsterbliche Werke der beiden Genies den Stab brechen. Da bilden sich wohl paar Leute allzu viel ein, denk' ich."

„Bravo, bravo, haben Sie ganz kolossal gesagt, Herr Stier, bravo! Nehmen Sie unseren Respekt, prosit!" staunte Hartig über den Applaus des Stammtisches hinweg.

Stier bedankte sich bescheiden und war mit sich sehr zufrieden.

Der Schuldirektor Immelmann erinnerte nun, dass der Meister Verdi ja eigentlich Herr Grün hieße. Und es gäbe deutsche Forscher, die dem Stammbaum der Verdis auf der Spur wären. Sicher stamme er von Lombarden, also von den Langobarden ab, die nun einmal bekanntermaßen Germanen waren. Dass Dante Alighieri ein Deutscher war, stehe schon fest. Alighieri komme von Aldiger, also von Adler und dass wäre ein germanischer Adelsname gewesen. Und er sei ganz der Meinung des Herrn Stier, dass die Ton-Dichtung Richard Wagners und die Aufführung der dramatischen Werke Verdis auf der deutschen Bühne in deutscher Sprache dem deutschen Wesen zur Ehre gereiche.

„Aber liebe Männer, vergessen Sie nicht Bach, Bach liebe Männer", rief Stadtpfarrer Vieweg, „das Göttliche nicht vergessen!"

„Ja, Herr Pfarrer, aber unser Kirchen-Chor bräuchte Soprane, die hoch kommen. Das Cello kratzt, die Geigen klingen schrill, die Trompete hat einen knallartigen Ansatz und nicht genug Luft hat er auch noch." Darüber wurde zum Leidwesen des Herrn Pfarrers gelacht und sich anschließend entschuldigt.

Herr Faulhaber, der Prokurist der Weinbrand-Brennerei nutzte die Situation, zur Versöhnung mit dem Herrn Pfarrer eine Runde seines aus französischem Destillat hergestellten Weinbrandes zu geben.

„Dürfte man ja eigentlich gar nicht trinken, das Franzosenzeug." „Aber lieber Immelmann, das ist zu kurz gesprungen. Möchten Sie vielleicht auch auf Bordeaux, echten Cognac oder auf Gänseleber-Pastete verzichten", sagte der fette Prokurist Zieger.

Besprochen wurde auch die neue Errungenschaft des Dentisten Gruner. An der Decke seines Behandlungsraumes hing seit neuestem ein gekapselter Elektromotor mir biegsamer Welle. Die auswechselbaren Bohrer steckten in einem vernickelten Handgriff. Das Bohren tat so weh wie früher. Aber es ging schneller vorbei. Das schwarze eiserne Bohrgerät mit Fußantrieb stand aber für alle Fälle noch in der Ecke.

Stier sollte noch eine Weile auf den Ruf an diesen Stammtisch warten.

Auf ins neue Jahrhundert

Das Geschäft war gegen alle Widerstände gewachsen. Meister Stier navigierte sein kleines Unternehmen geschickt. Da waren die Preise für Schlachtvieh ständig im Steigen und Sinken, was auf gute oder schlechte Ernten zurückzuführen war. Es gab Zeiten, da war Schlachtvieh knapp. Auch die Importpreise für Mais und Kraftfutter aus Amerika schwankten, das wirkte auf die Stallpreise. Mancher Bauer produzierte plötzlich weniger Vieh, weil ihm die Leute fehlten. Sie waren in die Stadt gezogen, regelmäßiger Arbeit nach, die auch noch besser bezahlt wurde. Auf der anderen Seite gab es die immer wieder einsetzenden Wirtschaftskrisen, die den Fleischkonsum ärmerer Kreise einschränkten, weil das Geld fehlte.

Der neue Vieh- und Schlachthof, 1896 eingeweiht, verursachte auch neue Probleme. Die Viehhändler diktierten die Preise und beanspruchten das Alleinrecht auf ihr Metier. Stier konterte, indem er nicht nur für seinen Bedarf selbst einkaufte, sondern darüber hinaus mit Vieh handelte. Die Gewerbeordnung ließ das für Fleischermeister zu. Es brauchte natürlich ausreichend Bauern, die treu nur an den Stier verkauften. Deshalb pflegte er sie geradezu, indem er wirklich stets in Gold zahlte. Und weil die Landleute ihre hausschlachtene, harte und schimmelbesetzte Wurst und das Pökelfleisch oft satt hatten, nahm er ihnen Jagdwurst oder sonst etwas Frisches mit. Zu verschenken hatte er nichts. Da hätten die gewitzten Landwirte vielleicht gedacht, er wäre durch sie reich geworden. Nein, er nahm Geld dafür, aber weniger als in seinem Laden.

Und dann traf er einen alten Bekannten aus der Lehrzeit wieder. Damals war der ein junger Geselle bei Obermeister Otto gewesen. Dieser Mann, Qellmalz mit Namen, hatte durch Unfall einen Unterarm eingebüßt. Nun war er Invalid und lebte erbärmlich. Er fragte, ob Stier ihn nicht als Vieheinkäufer gelegentlich etwas verdienen lassen könnte. Stier wollte schon lachen, da entsann er sich, einmal über den Kerl gehört zu haben, der könne fantastisch schätzen. „Montag früh um halb fünf fährst du mit mir auf die Dörfer, da wird sich zeigen, was du kannst", sagte Stier. Die gemeinsamen Fahrten wurden wiederholt. Und das war gut so. Denn manche abergläubigen Bauern reagierten reserviert auf den „Krüppel". „Nicht, dass der uns Unglück in den Stall bringt." Die Auftritte mit dem Meister selber entschärften solche Bedenken.

Einige Viehhändler haben damals diesem Berufsstand einen gewissen Geruch angeheftet. Sie traten auch als Kreditgeber bei den Bauern auf. Konnten die dann nicht bezahlen, räumten die Kredithaie den Stall aus, Wucherzinsen in Rechnung stellend. Albert Stier setzte auf Vertrauen und langfristige Zusammenarbeit. Die richtigen Partner fand er oder kannte sie schon als Lieferanten des Vaters.

Quellmalz lief nach der Probezeit die Dörfer ab und machte mit den Bauern sozusagen Vorverträge über die von ihm gekennzeichneten Tiere. Stier kam dann, um zu bezahlen und sein Vieh abzuholen. Nach einem Jahr kaufte Quellmalz verbindlich ein und fuhr mit einem kräftigen Jungen und einem großen Viehwagen mit guten Zugpferden bespannt allein hinaus. Stier sparte viel Zeit und fuhr mit Fahrrad oder Einspänner zum Bezahlen. Eine Neuerung war dabei, dass das Vieh nicht mehr auf dem Dorf mit den altmodischen Steinen gewogen wurde. Lebend- und

Schlachtgewicht ermittelten vereidigte Wäger oder Wiege-
beamte auf dem Schlachthof. Für jede Wägung gab es eine
Wiegefahne als Dokument. Die Fleischbeschau führten Tier-
ärzte durch. Das war mit dem neuen Fleischbeschau-
Gesetz von 1900 verbindlich eingeführt worden. Wie überfällig das Gesetz war, erhellt aus der Tatsache, dass in und
bei Hettstedt schon 1863 und 1865 über 500 Personen an
Trichinose erkrankten, wovon 129 starben. Auch der Finne
des Rinder-Bandwurmes musste man lückenlos nachspü-
ren. Das Risiko, etwa krankes oder befallenes Vieh erworben und Geld verloren zu haben, wurde ausgeschaltet. Man
bezahlte den Bauern nach dem Befund.

Um das Gegeifer missgünstiger Viehhändler kümmerte
sich Albert Stier überhaupt nicht. Er lief auf dem Schlachthof mit rundem Hut, blütenweißem Stehkragen und
schwarzer Schleife herum. Über dem schwarzen Anzug
trug er einen weiten hellgrauen Leinenkittel zum Schutz vor
Verschmutzung. Die Schuhe steckten in Galoschen. Dazu
grüßte er auf eine Art, die Manchem das Gefühl gab, an *den*
ist nicht ranzukommen. Als Abzeichen des Viehhändlers
handhabe er ein dünnes Treiber-Stöckchen mit ausge-
franztem Ende und gebogenen Griff. Der erlaubte, das
Instrument in die Kitteltaschen zu hängen, wenn Notizbuch und Stift zu benutzen waren. Das Stöckchen stammte
von seinem Vater. Einen Schritt hinter ihm folgte stets sein
Einkäufer Quellmalz, der über die Absichten und Praktiken
der Viehhändler Bescheid wusste. Auch er machte sich bei
den Schlitzohren unbeliebt, weil er ihnen die Doppel-
Lender abjagte. Das sind Kälber mit solch starker Muskulatur, dass sich bei ihnen die langen Rückenmuskeln hoch
über dem Rückgrat wölben. Sie haben die „Lenden doppelt"; obwohl das anatomischer Unsinn ist, heißen sie so.

Einige Meister mit kleinerem Geschäft überzeugte Stier, bei ihm Hälften, Viertel oder Teile zu kaufen. So könnten sie sich die Schlachthofs-Gebühren sparen. Das Argument zog. Er mietete eine Fläche im Schlachthof und beschäftigte dort einen Gesellen zum Zerlegen und Wiegen. Bei dem holten die Kleinmeister ihr Fleisch und auch Innereien und Därme ab. Zum Transport benutzten sie hohe zweirädrige Karren mit zwei Holmen zum Schieben oder Ziehen und Lenken. Aus der Talstraße vom Schlachthof weg musste bei der Topografie der Stadt fast jeder irgendeinen Hügel hinauf. Da schoben sie nicht, sondern drehten das Gefährt und legten sich einen ledernen Zieh-Gurt quer über die Brust. Tief geneigt, die Holme wegen des Kopfsteinpflasters fest im Griff, mussten sie am Berg arbeiten. Kamen sie rechtzeitig vom Schlachthof, hatten sie das Glück, dass Schulkinder den Karren schieben halfen. Die lupften die Abdeckung und schrien vor schaurigem Vergnügen, wenn ihnen eine Schweinenase entgegen kam, oder ein Spitzbein.

Stier verfolgte seine Ziele auch mit anderen Mitteln: Im Jahre 1897 war ein „Amtliches Gutachten des Kaiserlichen Gesundheitsamtes betreffend Fleisch und Wurst" erschienen. Der Hauptinhalt gliederte sich in den Umgang mit Fleisch von kranken Tieren, der häufig nachlässig betrieben werde. Die Auswirkungen des Verzehrs solchen Fleisches auf den Menschen wurden drastisch dargestellt. Im Weiteren wurde angeprangert, dass „viele Metzger" Stärkemehl und gewöhnliches Mehl mit Wasser anrühren würden und „einen dicken festen Kleister" der Brühwurst zusetzten. Dazu mischten sie noch Farbe, um das Produkt recht ansehnlich zu machen. Es wären Würste geprüft worden, die 27% Fleisch und 67% an das Mehl gebundenes Wasser enthielten. Und dann kommt noch mehr Ungeheuerliches: „Pferdefleisch wird angeblich sehr häufig als Rindfleisch verkauft, um dafür einen, den eigentlichen Wert übersteigenden Preis zu erzielen."

Albert Stier hatte nie derartigen Missbrauch kennengelernt und verabscheute solche Praktiken. Nun aber bedachte er, was aus dieser Offensive von Amts wegen heraus zu holen wäre. Er ließ heimlich bei bestimmten Berufskollegen einkaufen. Eine amtliche Lebensmittelkontrolle gab es ja noch nicht, obwohl Warenfälschung seit 1879 unter Strafe stand. Aber es gab in Dresden schon ein Lebensmittel-Labor, das „Chemische Untersuchungsamt der Stadt Dresden".

Auf einer Innungsversammlung distanzierte sich im nächsten Jahre der Vorstand von dreien solcher Mehlpanscher, die eine empfindliche Strafe hatten zahlen müssen. Irgendwie gelangten die Vorkommnisse an die Öffentlichkeit. Kunden wechselten.

Die Schlachtung von Rindern und Kälbern führten für Stier sogenannte Kopfschlachter aus. Das waren Fleischer, die „pro Kopf" geschlachteter Tiere bezahlt wurden. Sie konnten Angestellte des Schlachthofes oder selbständig sein. Die schälten, stießen, und zogen ein Tier so schnell aus der Haut, wie sonst kein anderer. Ihre Akkordarbeit allein sicherte ihnen die Existenz. Aber alt werden konnten sie mit dieser Arbeit nicht. Die Schweineschlachtung führten Meister und Gesellen gemeinsam am Band durch. Lehrlinge bekamen je nach Lehrjahr bestimmte Arbeiten zugeordnet. Mit der Handhabung der „Glocke" fing es an. Diese Glocke war aus Eisenbleich und passte in eine Hand. Damit kratzt man die Borsten von der gebrühten Haut des

Schweines, wenn es ein mechanischer Heber aus dem Brühkessel auf das Band geworfen hat.

„Mach fix, gleich kommt das nächste Schwein."

Es war durch Kennzeichnung gesichert, dass jeder die Schweinehälften nach der Beschau bekam, die von seinen gekauften Schweinen stammten. Leber, Lunge, Herz (das Geschlinge) und die Därme wurden nach Anzahl geschlachteter Schweine pro Meister aufgeteilt. Beim Zählen musste man aufpassen. Das allgemeine „Uffpassen und Scharfloofen" war den beteiligten Gesellen und Lehrlingen anerzogenes Bedürfnis. Schnell und sicher sein, brachte Ansehen und beim „Alten" bewirkte es, dass er nichts sagen musste.

Eigener Viehhandel, Fleischhandel und das Ladengeschäft brachten dem Stier gute Umsätze, natürlich schwankend je nach Saison und Wirtschaftslage. Durch sein besonderes und qualitativ herausragendes Sortiment, hatte sich er große Teile der „besseren" Kundschaft gesichert. Viele Fabrikanten, Beamte, Handwerker und mittleres Leitungspersonal aus den zahlreichen Fabriken schickten ihre Köchinnen und Dienstmädchen zum Stier. Es wurde auch ins Haus geliefert.

Mit Erfolg setzte er ab 1900 einen Kutter für Leberwurstsorten und für die Brühwurst ein. Die Schnellschneide-Maschine war in den USA entwickelt worden und fand in Deutschland schnell große Verbreitung. Eine mit sichelförmigen Messern besetzte Welle zerschneidet das Fleisch mit großer Geschwindigkeit in einer rotierenden Schüssel. Die rohe Masse für Brühwurst kann dabei warm werden. Um das zu verhindern, wird zerkleinertes Eis hinzugefügt. Es ersetzt das bisher verwendete Wasser, welches dem rohen Brät für vielerlei Brühwurstsorten rezeptgemäß untergerührt wird. Die Kunst war, die Wasserbindefähigkeit des jeweils eingesetzten Fleisches nicht zu überziehen. Sonst floss das Zuviel an Fremdwasser beim Anschneiden oder Anbeißen heraus. Solche Wurst war eigentlich Ausschuss.

Mit der Errichtung der Schlachthöfe entstanden überall Eisbereitungsanlagen, die das Eis in konischen Blöcken auswarfen. Beim Transport kam es darauf an, es hygienisch einwandfrei und verlustarm in die eigenen Kühl- und Arbeitsräume zu bringen. Auch Brauereien besaßen Eismaschinen.

Damals, als Stier den Bau im hinteren Grundstück einstellte, um den Überblick über die Ausgaben zu behalten, wusste er noch nicht, wie es weitergehen sollte. Im Früh-Sommer 1898 machte Richard Armack einen Vorschlag. Er sagte zum Meister: „Albert, wenn die Arbeitszeit im Sommer hinten abnimmt, weil die Leute weniger kaufen, dann könnten wir selber bauen. Steine, Zement und Kalk kaufst du. Die Arbeitskraft hast du schon. Wir holen uns nur für das Aufsetzten der Ecken einmal in der Woche einen Maurer. Die Wände mauern wir selber. Das Gerüst und die Werkzeuge werden geliehen."

Ob dieser Lösung war Stier einige Tage besonders ruhig und ausgeglichen. Gustl war so froh.

Es machte den Gesellen und Lehrlingen Spaß, ein Haus zu bauen. Sie arbeiteten schnell und ehrgeizig. Schade nur, dass die Ziegel nicht gut für die weiche Haut der Fleischerhände waren. Besonders wenn sie zum Stapeln angeflogen kamen und gefangen werden mussten. Egal, nichts merken lassen! Wer gerade mauern durfte, schrie nach unten

„Mischung" Die Mörtelmischer schrien zurück: „Hol sie dir doch selber". Ein alter Maurer, der früher im Winter auch Fleischer gewesen war, ordnete an, was und wie es gemacht werden musste. Und in erstaunlich kurzer Zeit stand der Rohbau mit Tür- und Fensteröffnungen an den richtigen Stellen und in den richtigen Maßen, nach der Schnur, in Waage und Lot. Schon im September kamen die Zimmerleute für den Dachstuhl. Man ließ den Bau unter Dach „ausfrieren", damit das Weitere im Frühjahr geschehen konnte.

In der Zwischenzeit laborierte Albert mit Dosen. Er kaufte einen kleinen Dosenverschlussapparat. Zunächst begnügte er sich mit normalem Abkochen. Cornedbeef und Schmalzfleisch waren seine ersten Versuchsprodukte. Er öffnete die Dosen zur Probe nach vier, sechs und acht Wochen. Andere ließ er im Kühlraum stehen. Im Januar begann er zu reisen. Er schaffte es nach vergeblichen Anläufen, den Entscheider beim Heeresversorgungskommando in Dresden zu sprechen. Seine Produkte wurden verkostet, bakteriologisch untersucht und für gut befunden. Dass es sich bisher nur um Präserven handelte, war ein Plusfaktor. Wenn er mit der einfachen Kochmethode solche Ergebnisse erzielte, mussten hocherhitzte Konserven noch sicherer sein. Er hatte ein Gesuch zur Einbeziehung in die Heeresbelieferung zu stellen. Dazu reichte er seine Bau- und Einrichtungspläne ein. Die Leistungsfähigkeit in Mengen veranschlagte er vorsichtig nach Vergleichen mit seinen Erfahrungen bei Metzner in Dresden.
Auch ließ er sich vom Obermeister ein Zeugnis seiner handwerklichen Leistungen ausstellen.

Im Vertrauen auf den letztendlich positiven Bescheid begann er mit der Ausrüstung der kleinen selbstgebauten Halle. Wolf und Kutter hatte er nun doppelt, da die Konservenproduktion von der allgemeinen zu trennen war. Die erste Mengmaschine stand beim Stier ebenfalls. Der Autoklav war für eine wahrscheinliche Maximalproduktion mit der vorhandenen technologischen Kette ausgelegt. Der Dampferzeuger war mit Gas zu beheizen. Moderner ging es nicht. Ein Extra-Kessel und eine gasbefeuerte große Bratpfanne komplettierten die Ausrüstung.

Unangemeldet erschienen zwei Offiziere zur Inspektion dieser Fleischerei. Erst streng und kurz angebunden, stellten sie kritische Fragen. Sie hatten Kenntnisse vom Fleischereibetrieb. Als der Meister am Schluss seine Frau vorstellte, schlugen sie die Hacken zusammen und verbeugten sich vielmals. An sie richteten sie ihre positive Meinung über diese Besichtigung. Gustl hatte die beiden strengen Herren bei ihrem Eintreffen durch den Laden von der Verkäuferin nach hinten begleiten lassen, da nahmen sie noch wenig Notiz von ihr. Doch sie schickte das Dienstmädchen eilig zum Konditor Schöberlein, um zwei Torten zu kaufen. Nun bat sie die Betressten in das Wohnzimmer zu einem Kaffee. Da es die richtige Tageszeit war, nahmen sie an. Albert bat, ihn kurz zu entschuldigen. Nach kurzer Zeit erschien er im Anzug. Seine Miene sagte ungefähr: „Na und?“ Die Offiziere ließen den Ungedienten zappeln und flirteten mit seiner Frau. Nach soldatischem Abschied von der verehrten Frau Stier begleitete Albert die Herren vor die Tür. „Sie werden Bescheid bekommen, auf eine Probezeit Offiziersfleisch, Cornedbeef und Gulasch in die Garnisonen Waldheim, Döbeln und Glauchau zu liefern. Das Weitere, Rezepturen, Mengen, Termine *et cetera* ersehen

Sie aus dem Vertrag." Sie verabschiedeten sich mit militärischem Gruß ohne Handschlag. Als sie weg waren, hätte Stier jubeln können, aber er war ja noch auf der Straße. Drinnen nahm er Gustl in den Arm und sagte: „Haste gut gemacht! Wir werden liefern". Der Erfolg seiner Akquise war nicht so außergewöhnlich, wie es scheint. Eine Fleischindustrie gab es bis dahin nur in Anfängen. Sie konnte den Gesamtbedarf der Armeen nicht abdecken. Daher wurden Handwerker mit der entsprechenden Qualifikation einbezogen.

Gustl war so sehr erfreut und wünschte sich, der glückliche Moment mit ihrem Mann möge den Beginn einer besseren Zeit für ihre Ehe markieren.

Denn Albert Stier hatte die Familie zum Hauptziel seiner aggressiven Ausfälle gemacht. Mit seinen Angestellten, die, gut ausgewählt, sehr gut arbeiteten, konnte er nicht mehr so ungebührlich umgehen. Jede Kündigung hätte den straff organisierten Betrieb erheblich gestört. Die Leute blieben daher bei ihm, zumal sie ein wenig besser bezahlt wurden als auf anderen Stellen. Sie durften auch essen, was sie wünschten, nur nicht während der Arbeit. Sie durften der Köchin Vorschläge machen. Die Kammern waren auch in Ordnung. Aus der ehemaligen Ladenstube war ein spartanisch eingerichteter Speiseraum geworden. Gustl aß mit den Kindern wochentags in der Küche. Der Herr Fleischermeister Albert Stier hatte zu empfindliche Nerven für einen Tisch mit Kindern. Daher aß er oben in seinem Büro ganz allein. Das Dienstmädchen servierte ihm. Wenn etwas nicht recht war, brüllte er von oben herunter.

Als die Weber im Umkreis bis nach Crimmitschau 1903 streikten, war das Geschäft schlecht. Billige Wurstsorten, Knochen, Schweinsfüße und Innereien kauften die darauf abonnierten Menschen nicht genug. Das brachte Verluste. Die Laune des Hausherren war wochenlang miserabel. Aber Stier dachte an das Geschäft danach. Und so konnten Bedürftige am Hintereingang zum Grundstück donnerstags Wurstbrühe kostenlos abholen. Richard sorgte dafür, dass eine Blut- und eine Leberwurst platzten, damit die Brühe Gehalt hatte.

Im selben Jahr schrie ein Baby wegen ständiger Bauchkrämpfe und Blähungen. Die Meisterin fiel oft im Laden aus. Nicht nur wegen des kleinen Karl, der ja noch seine Kinderfrau hatte. Nein, Gustl litt in wiederkehrender Folge an Migräne. Sie war jetzt 36 Jahre alt. Die „Kopfschmerzen" konnte Stier nicht einschätzen. Er verstand nicht, warum seine Frau ganze Vormittage im dunklen Schlafzimmer lag. Als sie die Schmerzen nicht mehr aushielt und vernehmlich stöhnte, sich dauernd übergeben musste, ließ er endlich Doktor Pfefferkorn kommen. Der verordnete das ganz neue Medikament *Aspirin*.

Der Doktor erläuterte dem verständnislosen Ehemann unter vier Augen das Leiden und empfahl, die Frau Stier merklich von ihren vielfältigen Pflichten zu entlasten. „Wie soll denn das gehen? Vorne muss die Frau da sein, weil der Mann hinten aufpassen muss."
„Dann passen Sie mal schön auf, dass Sie Ihre Frau noch eine Weile behalten! Die macht mir nämlich auch sonst nicht den gesündesten Eindruck", gab der Doktor laut zurück, schnappte seine Tasche und ging grußlos. „Ignorant" sagte er auf der Treppe.

In dem Jahr 1903 starb Edgar Hegereiter. Die Mutter folgte ihrem Manne kurz darauf. Gustls Trauer können wir vielleicht ermessen, wenn wir denken, dass sie sich nun als

Waise ohne Beistand fühlen musste. Er wurde 63, sie 59
Jahre alt. Beide hatten fast 35 Jahre lang ihre Fleischerei
ganz allein hoch gehalten. Nur ein Dienstmädchen leisteten
sie sich.
Gustl war die Alleinerbin.
Das Geschäft in Waldenburg wurde verkauft. Mit dem
Erlös und dem Geldvermögen der braven Leute konnte
Albert Stier sämtliche Schulden abzahlen. Beide Häuser
waren ab 1904 nicht mehr mit Hypotheken belastet. Die
Baukredite wurden gleichfalls abgelöst. Nun flossen die
Gewinne aus allen Geschäften ins ungeschmälerte Plus.
   Die Launen Stiers blieben einige Zeit erträglich. Gustl
stand nur zeitweise bedienend im Laden. Sie überwachte
und organisierte. Und sie strahlte dabei eine beeindrucken-
de Würde aus. Sie hatte ihre aufrechte Haltung und die
Figur bewahrt, trug das schöne blonde Haar hochgesteckt.
Mit blütenweißer Rüschenschürze bot sie ganz und gar das
Bild einer tüchtigen Geschäftsfrau. Richard Armack hätte
sich für diese Frau bedenkenlos geopfert. Sie wusste, dass
er so etwas wie ein treuer Paladin war und dankte im Stillen
dafür. Sie kümmerte sich daher auch um seine Familie. Das
merkte er gar nicht. Denn seine Frau, das Traudchen, bü-
gelte die Fleischerwäsche, und beide Damen hatten
dadurch regelmäßigen Kontakt. Gustl rundete die Lohnbe-
träge immer nach oben und gab etwas Geld für die zwei
Kinder dazu.
Die Migräne-Anfälle ließen nach und plötzlich waren die
Schmerzen minimal. Der Grund war ein fünftes Kind.
Ilse wurde 1905 geboren.
Als sie noch ein Wickelkind, aber schon ein halbes Jahr alt
war, schrie sie einmal unaufhörlich. Der Vater kam herbei,
nahm das Kind und brüllte ihm ins Gesicht. Fast wäre dem

der Atem weg geblieben. Dann schrie es noch lauter. Stier
schmiss das Bündel auf das Kanapee, von dem es wie ein
Ball zurück gefedert wurde und auf den Boden fiel. Stier
lief weg. Gustl nahm ihr Baby auf und weinte zum Erbar-
men. Stier wusste nichts Besseres in seinem Aufruhr, gemischt mit Beschämung und Reue, als Richard zu seiner
Frau zu schicken. Was da los sei?

  Doktor Pfefferkorn bog und streckte an dem rosigen
Körperchen herum, tastete sanft den Kopf ab und kam zu
den Befund, dass alles noch ganz wäre. „So ein Zwerg ist
wie Gallerte, Frau Stier, nur keine Angst. Auch eine kleine
Gehirnerschütterung wäre unschädlich, da das Kind sowieso immer liegt. Aber wie konnte denn das Kind fallen?"
In ihrer Scham sagte sie, dass wohl das Dienstmädchen
nicht aufgepasst habe. Da sei die Ilse vom Kanapee gerol-
lert.

Als der Doktor durch den Hausflur ging, spielte dort der
kleine Karl. „Na Karli, wie geht's?"

„Gut."

„Hast du gesehen, wie Ilse runterfiel?"

„Papa schmeißt Illi."

„Da hast du dich bestimmt verguckt, Karlchen", versuchte
Pfefferkorn, den Jungen abzulenken.

Dann machte er kehrt, marschierte in die Arbeitsräume um
Stier zu sagen: „Ich muss Sie in einer Stunde in meiner
Praxis sprechen".

Stier wurde es mulmig. Hatte das Kind Schaden genommen? Er ging zum Doktor und holte sich dort eine Stand-
pauke ab, wie sie ihm noch niemand verpasst hatte.

Pfefferkorns Zusammenfassung: „Sie sind ein so schreckli-
cher Grobian, weil Sie schlechte Nerven haben. Sie nehmen bis auf Weiteres dreimal täglich 40 Tropfen Baldrian

in etwas Wasser vor dem Essen. Kaufen Sie in der Apotheke gleich drei größere Fläschchen."

Seine Frau um Verzeihung zu bitten, hätte seinen Nimbus beschädigt. Er ging wieder freundlicher mit ihr um. Das genügte.

Die Ehefrauen waren zu jener Zeit noch der Meinung, alles erdulden zu müssen. „Das Weib sei dem Manne untertan", wussten sie aus einem Brief des Paulus. (Er hat es anders gesagt.) Sie erzogen ihre Töchter zu dieser Einstellung. Selbst, wenn diese schon in der Lage waren, das Verhalten des Vaters zu registrieren, hatten sie Demut zu üben. Gustl litt, aber ihr wäre kein Gedanke an Trennung oder gar Scheidung gekommen. Wie allgemein bekannt, waren sich Kirche und Staat noch bis in das 20. Jahrhundert darin einig, den Mann als „Oberhaupt" mit Vorrechten gegenüber der Frau zu stützen.

Am Abend des Tages, da sich Stier an seinem Kind schuldig gemacht hatte, ging er noch einmal durch die frisch gescheuerten Arbeitsräume. Er stieß auf Richard Armack. Der packte eine Sendung mit Wolf-Schneidsätzen, Messern und Beilen aus, die der Schleifer abgeliefert hatte. Gerade als Stier hinzu trat, prüfte der Polier mit dem Daumen die Schneide eines sogenannten Spalters. Das ist eher ein Hackmesser der Form nach. Es dient zum Spalten der Schlachtkörper. Armack drehte das glänzende Stück Stahls im Licht. Dann setzte er es ab und erzählte unvermittelt:

„In Hamburg habe ich ein paar Wochen bei einem Fleischer gearbeitet, der das Gröbste darstellte, was ich bisher kennen gelernt hatte. Dazu war er zynisch und hinterhältig. Bei dem gab es einen Altgesellen, der sich von dem Kerl schon jahrelang hatte quälen lassen. Als es zu einen aktuellen Streit zwischen den beiden kam, nahm der alte Arbeiter solch einen Spalter und sagte: ‚Meister, ich bin gewillt Ihnen den Schädel zu spalten‘. Der Meister ging feixend davon. Der Altgeselle warf das Beil auf die Tafel. Ich hab’s gesehen und gehört. Tragikomisch fand ich, dass die schlimme Drohung in so einem Hochdeutsch ausgesprochen wurde.“

„Soso“, sagte Stier, „ja, man erlebt so allerhand. Gute Nacht.“ Dann dachte er daran, den „unverschämten Hund“ rauszuschmeißen. Aber am Morgen ging er mit Armack den Arbeitsplan durch und wie immer lief alles ganz pragmatisch ab.

Zu jener Zeit lernte ein Junge aus Penig, der Bernhard, bei Meister Stier. Der sorgte hin und wieder durch Naivität oder simplen Geist für lustige Abwechslung. Sogar der Meister musste einmal über ihn lachen. Er sagte kurz vor dem Mittagessen zu dem Lehrling: „Bernhard, heute Nachmittag gehst du mal in die Stadt“. Eine Besorgung musste erledigt werden. Bernhard war nach dem Essen unauffindbar. Als der große Junge, fein angezogen, zur Abendbrotzeit vor der bereitstehenden Tischgemeinschaft erschien, kam der Meister hinzu und frug streng:
„Bernhard, wo warst du?“
„Nu in der Stadt.“
In der allgemeinen Heiterkeit geschah das Unglaubliche. Der Meister lachte mit.

Streng geheim

Albert Stier war absolut kaisertreu. Alles, was Wilhelm II. von sich gab, las oder hörte er mit gläubiger Andacht. Ob es die „Hunnen-Rede" zum Boxeraufstand in China war oder die Bemerkung, dass „diese Dinger, die Automobile, keine Zukunft" hätten, alles machte sich Stier zu Eigen. Das deutsche Expansionsstreben, die Aufrüstung des Heeres und der Flotte, die offene Gegnerschaft zu England und Frankreich vertrat er einerseits, andererseits machte er sich Gedanken darüber, wie sich der kluge Mann in seinem Gehäuse auf einen Krieg vorbereiten sollte. Das brachte ihn auf den Gedanken, sich einen Hort anzulegen. Eigentliches Zahlungsmittel war allmählich das Papiergeld geworden. Kein Industriearbeiter bekam den Lohn in Gold oder Silber ausgezahlt. Wer die Goldmark in 5, 10 oder 20 Mark-Stücken besaß, gab sie nicht mehr gerne aus, wenn er nicht musste oder sich keine Gedanken über ihren steigenden Wert machte. Also muss man das edle Material auch selbst nicht mehr streuen, sondern aufbewahren. Man muss auch Papier gegen Gold (zu höherem Nennwert) auf der Bank eintauschen. Das geht, wenn man die Bank gut kennt.

In heimlicher Sonntagsarbeit schuf er sich ein Versteck, gut ausgedacht und handwerklich raffiniert getarnt. Wöchentlich wickelte er in seinem Büro Gold-Münzen in Packpapier und bunkerte sie dann. Er zweigte damit einen Teil des überschlagenen Gewinns ab. Waren zehn Stück eines Wertes im Verlies angehäuft, rollte er sie und versiegelte die Rolle mit Lack. Das Datum notierte er auf der Rolle und in einem Notizbuch, welches er in einem Geheimfach seines Sekretärs aufbewahrte. Er schrieb aber nicht in Ziffern, sondern nach einem selbst ausgedachten

Zeichen- und Buchstabensystem. Das Buch hätte niemandem über das geheime Vermögen Aufschluss gegeben.

Die Erfahrung, welche sein Großvater hatte machen müssen, sollte ihm erspart bleiben. „Erspart!" Tiefe Befriedigung fühlte er, wenn er in seinen „Tresor" schaute. Aber nachts befielen ihn auch Sorgen. Was wäre, wenn es einmal brennen sollte? Was würde aus dem Schatz, wenn ihm, Albert Stier, ein Unglück widerführe? Da lag er dann quälend lange wach. - Ach was, mir passiert nichts. - Beim nächsten Feuerwehrball würde er eine stattliche Prämie spendieren, anonym, versteht sich.

Wie recht er, für sich genommen, hatte, zeigte die Tatsache, dass die Deutsche Reichsbank im Jahre 1914 für 20 Goldmark 60 Mark in Banknoten einwechselte. Man wollte das Gold für die Kriegskasse einsammeln. Mit Beginn des Krieges war es auch für Stier mit dem Horten vorbei. Aber was man seit Jahren sammelt, das hat man. Und was die Bezahlung der Bauern für ihr Vieh angeht, so war Stier im allgemeinen Trend schon um 1905 nach und nach zu Papier übergegangen. Im bereits existierenden Giroverkehr blieb es sogar zunächst beim Buchgeld. Da klingelte nichts mehr.

Um sich als Patriot zu zeigen, spendete Stier nach dem allgemeinen Aufruf der Regierung und vaterlandstreuer Verbände ein paar Münzen und legte von Gustls Schmuck Kettchen und Ringlein dazu. Nun konnte auch er die schwarze Medaille aus Eisen ganz vorn in die Vitrine legen, auf der erhaben zu lesen war:

„Gold gab ich zur Wehr; Eisen nahm ich zur Ehr."

Hoch-Zeit

Zurück! Noch war der Krieg in weiter Ferne.

Quellmalz hatte nun dreijährige Ochsen für das Corned-Beef und für Militär-Goulasch heran zu schaffen. Später fanden für Cornedbeef auch alte Kühe für weniger Geld Verwendung. Wenn man deren Fleisch, kleiner geschnitten, richtig pökelt und mit der Kochtemperatur umzugehen weiß, dann wird das Produkt weder zäh noch strohig. Hauptsache bleibt die Sauberkeit beim Schlachten, beim Fleisch-Transport und bei der Verarbeitung. Wo Keime sein könnten, an und in den eingekauften Dosen und Deckeln, an den Maschinen, an den Arbeitern, muss gewaschen werden. Ganz einfach, wenn es Prinzip wird. Lappen galten als „Bazillenkutschen". Stier hasste Lappen. Bürsten und Lappen waren täglich zu reinigen und beizeiten zu ersetzen. Wisch- und Handtücher wurden täglich gewechselt. War das Blanchieren und Vorbraten erfolgt, musste das Fleisch bis auf 30°C abkühlen, weil sich dann die eventuell vorhandenen Sporen in lebende Bakterien verwandeln. Sie werden im folgenden Kochvorgang abgetötet. Das Produkt kann dann jahrelang einwandfrei bleiben.

Die mühevoll aufgeschriebene Arbeitsanweisung lautete weiter:

„Das abgekühlte Fleisch kommt schnell in die Dosen, heiße Brühe oder Soße wird aufgegossen. Die Dose wird bei sauberem Rand exakt verschlossen. Im Wasserbad ist sie auf Dichtheit zu prüfen. (Luftblasen?) Und ist sie schleunigst in den Dampfkocher zu bringen. Der muss bereits mit heißem Wasser halb gefüllt sein. Die Dosen stehen mit Abstand zueinander im

Drahtkorb. Diesen mittels Schwenkarm und Fla-
schenzug in den Kessel absenken. Kesseldeckel fest
verschrauben. Das Ventil bleibt bis zu der Temperatur
von 105°C offen, damit die normale Luft entweichen
kann. Bei geschlossenem Ventil erhöht man die Temperatur auf bis zu 120°C."

Auf einem nicht aushängenden Blatt waren Temperaturen
und Zeiten nach Produkt und Packungsgröße entsprechend
der Erfahrungen verzeichnet. Dieses hegte Richard Armack
und schrieb es fort. Nach seiner Anweisung standen die
aktuellen Daten mit Kreide immer auf der schwarzen Tafel.
Die fertigen, das heißt die ausgekühlten Dosen wurden
gefettet und zwischen Putzwolle in Holzkisten vernagelt.
Andere nahmen Sägemehl dazu. „Sauerei beim Ein- und
Auspacken", meinte Stier. Die militärischen Kunden Stiers
freuten sich über Putzwolle, die sie gut gebrauchen konnten. Dieses Abfallprodukt gab es in der Textil-Stadt reichlich für wenig Geld. Der Spediteur übernahm die Lieferung zu den Garnisonsstandorten. Der besaß übrigens
schon einen Lastkraftwagen. Stier zweifelte inzwischen an
der Prophezeiung des Kaisers hinsichtlich der Überlebens-
chancen des Automobils an sich. Aber er kaufte sich keines. Auch nicht, als der Kaiser selbst im Automobil chauf-
fiert wurde. Dafür besaß Stier jetzt ein eigenes Kutschpferd
und einen eleganten Jagdwagen. Im Gedenken an den
Großvater hieß das Pferd wie damals Moritz. Beide waren
beim Spediteur eingestellt. Den Moritz liebte er über die
Maßen. Er kaufte sogar ein Buch über den Umgang mit
Pferden und deren Behandlung bei verschicdenen Be-
schwerden. Das sollte ihm zu städtischem Ruhm verhelfen.

Als Tierliebhaber und Experte für den Umgang mit Pferden kam er nämlich in die Zeitung.

Vor einem schwer beladenen Tafelwagen war in der Stadt ein mittelschweres Zugpferd auf dem Kopfsteinpflaster gestürzt. Das Pferd war total verängstigt, weil es sich im Gespann mit seinem Kollegen nicht aufrichten konnte. Zudem lag es auf der Seite, und mit seinen Eisen konnte es keinen Halt finden; sie schlugen sogar Funken. Es schnaubte und gurgelte wie in Todesangst. Die Menge der Sensationshungrigen und unwissenden Ratgeber wuchs von Moment zu Moment. Meister Stier kam auf dem Wege von seiner Bank dazu. Der Kutscher war noch jung und sicherlich unerfahren. Er schlug mit der Peitsche auf das Pferd ein, erwischte dabei auch das stehende Pferd, dieses schlug aus, stieg und machte damit das liegende Tier noch nervöser. Herr Stier erfasste die Peitsche, holte aus, besann sich und stieß den Kutscher nur mit der Faust vor die Brust. Dazu belegte er den Burschen mit unheiligen Kraftausdrücken. Die Menge johlte. „Ausschirren", befahl er dem Kutscher. Stier sah sich um und winkte vier Männer heran, die er kannte. Darauf holte einer der Männer einen Eimer Wasser, welches Stier dem gestürzten Tier zur Beruhigung langsam über den Kopf goss. Vorher hatte er in das nach oben gerichtete Ohr sein Taschentuch gesteckt, damit kein Wasser hineinliefe. Der Kutscher musste das stehende Pferd halten und es beruhigen. Stier schickte nach dem Sattler und Polsterer, der nach einiger Zeit mit Gurten erschien. Vom Tischler wurden zwei feste Hölzer geholt. Stier übergab Rock und Hut einem Jungen. Den feinen japanischen Bambusstock mit den kunstvollen Schnitzereien bekam eine junge Frau zur Aufbewahrung. Der Junge

hätte vielleicht damit gespielt. Dann gelang es Stier, den
Kopf und die Vorderbeine des Pferdes nach vorn zu richten. Nun lag es schon halb auf dem Bauch. Die ganze Zeit
sprach er ruhig auf das Tier ein. Einen Gurt führte er, indem er sich neben das Pferd kniete, unter den Vorderbei-
nen hindurch. Von links und rechts zogen die Männer den
Gurt bis auf das Brustbein nach hinten. Unter die Hufe der
Hinterbeine legte Stier zwei Decken vom Kutschbock, damit das Tier beim Aufspringen hinten nicht wegrutschen
sollte. Stier verknotete die Enden des Gurtes. In die
Schlaufe steckte er die beiden vierkantigen Hölzer, und vier
Männer hoben damit das Tier am Brustkorb an. Es hatte
wohl eine Ahnung, dass ihm geholfen werden sollte, sprang
erst vorne, dann hinten hoch und stand. Die Leute schrien
vor Begeisterung und jeder wollte den Meister Stier bei der
Hand fassen oder ihm auf die Schulter klopfen. Den Kutscher fragte er: „Haste was gelernt, du Arsch? Gurt und
Stecken haste im Haferkasten zukünftig immer mit!“ Natürlich konnte der junge Kerl nichts antworten. Herr Stier
wischte eine Hand an der anderen ab, setzte den Hut auf,
zog den Rock an und fasste den schönen Stock in der Mit-
te. Er streichelte und tätschelte das Pferd und sagte auch
etwas zu ihm. Halt, das Taschentuch! Dann ging er unter
Beifall. Er hatte es nicht weit.
Der Stadtredakteur schalt im Blatt den brutalen Fuhrmann
und rühmte in Stier den kundigen Mann, den hochgeachte-
ten Meister, Tierfreund und treusorgenden Familienvater.

Übrigens hat Stier höchstens zwei oder drei Mal den ver-
ordneten Baldrian genommen. Denn wenn er sich unter
dem Medikament jemandem nahte, hob der schnüffelnd
die Nase. In seinem Schreibtischfach, wo die Arznei auf-
bewahrt wurde, hing der Geruch noch Jahre danach.

Meister Stiers Mannschaft war auf zwölf Gesellen gewachsen. Nun sah er seine Hauptaufgabe im Kontrollieren und Überwachen. Armack konnte nicht überall sein. Gottlob Schönherr war geblieben und aufgestiegen. Er war der Kuttergeselle, der Zweite Mann. Er heiratete eine Gastwirtstochter aus der Stadt, hatte bald zwei Kinder und malte sich aus, ab 50 den gemütlichen Gastwirt zu geben.

Das Kuttern war eine sehr verantwortungsvolle Aufgabe, denkt man an die unterschiedliche Wasser-Bindefähigkeit des Fleisches oder an den unterschiedlichen Feinheitsgrad verschiedener Leberwurstsorten. Stetige Aufmerksamkeit, Fingerspitzengefühl und Entscheidungskraft gebieten bei dieser Arbeit, wann der Hebel auf Stillstand zu legen, das Brät heraus zu nehmen ist. Beim Stier wurden Salz und Gewürze vom Polier abgewogen und für jede Charge bereitgestellt. Mit Selbstsicherheit in die Büchse zu langen und die Gewürze einzustreuen, das gab es nicht mehr. Alle Produkte immer in gleicher Qualität war das Gebot Stiers.

In der Firma trug er jetzt einen weißen Schutzkittel und eine weiße Schirmmütze. Wann er käme, wusste niemand vorher. Er ließ kein Muster seiner Zeiteinteilung erkennen.

Obermeister Otto war gestorben, und der neu gewählte war kein Freund Stiers. Aber der interessierte sich nicht mehr für Innungsangelegenheiten. Zeit hatte er nicht für solche Sachen. Außerdem dachten die meisten Kollegen für ihn viel zu klein und altfränkisch. Stier hätte, wenn das ginge, seinen Betrieb in die Großstadt verlegt. Aber er war nun einmal hier und musste das Beste aus den Gegebenheiten machen.

Nach langem Flüstern hier und Bitten da saß er nun am Stammtisch im Hotel Hertel, der, wie bekannt, freitags abgehalten wurde.

Immelmann, der Schuldirektor, brachte eines Abends die Rede auf diese Clara Zetkin. Sie hatte in der Turnhalle des Arbeiter-Turnvereins vor vollem Hause gesprochen. Lauter gefährliche und zersetzende Gedanken über das Frauenwahlrecht und den Acht-Stunden-Tag, über sogenannte Völkerfreundschaft und ähnlichen Mist hatte die Kommunistentante von sich gegeben. Man müsste… „Ja", warf Stier ein, „mein Dienstmädchen war so blöd, in meinem Hause von der Veranstaltung der Roten zu erzählen, war dort gewesen. Hab sie sofort rausgeschmissen."

„Gut so, lieber Stier, kein Pardon wird gegeben, wie der Kaiser sagte", lobte ihn der Apotheker Weck. „Wenn meine Angestellte dorthin ginge und dann noch frech darüber schwatzte, wäre sie auch raus, und bei keinem Kollegen fände sie Unterschlupf, Pack!"

Der Prokurist Zieger, der fette rotköpfige Fünfziger, hielt nichts von derlei Kram und fragte daher an solchen Stellen: „Kennse den? Sitzen zwei Juden in der Eisenbahn…" Ab einem bestimmten Pegel in der Runde drang er dann mit seinen Kalauern durch, und die Stirnadern manchen Bruders schwollen vor lauter Lachen an. Stadtpfarrer Vieweg ging dann auch bald, um sich nicht von Zweideutigkeiten korrumpieren zu lassen. Stier, als Jüngster, hielt sich zurück und sagte nur etwas, wenn es, für ihn mindestens, Substanz hatte. So sprach er anlässlich des Unterganges der Titanic davon, dass es höchstwahrscheinlich absolute Sicherheit nicht geben könnte. Man war erstaunt.

Interna

Auguste Maria Stier gebar, wie gesagt, 1903 den kleinen Karl. Albert II., seine Schwestern Gertrud und Mariechen waren noch vor der Jahrhundertwende auf die Welt gekommen. 1905 kam das Nesthäkchen Ilse an. Wir kennen sie bereits vom „Unfall" her. - Vier Kinder waren nun im Hause und Albert II. im Internat. Sein Wesen hatte sich etwas geändert. Er war selbständiger geworden und nicht mehr so verträumt. Das stellte man zumindest an den hohen Feiertagen und in den Ferien fest. Er wirkte mit seinen knapp16 Jahren schon gesetzt, und man merkte, dass er an simplen Gesprächen kein Vergnügen fand. Die Mutter war stolz auf ihn und hatte bisher von allen Zeugnissen Abschriften gefertigt, die sie sogar einmal im Frauenkränzchen zeigte. Er würde mit 17 das Abitur machen, das stand schon fest. Grob kennen wir seinen weiteren Weg bereits.

Die Familie Stier ahmte in Kleinen nach, was sich in den Villen der reichen Unternehmer der Stadt vollzog. Denen war die Abgrenzung zwischen Familien- und Geschäftsleben gelungen. Das heißt, sie hatten für räumlichen Abstand gesorgt. Die Fabrik war vielleicht nicht weit, aber jedenfalls anderswo.

Das klappte beim Handwerker nicht. Aber hatte er Platz, leistete er sich Wohn- und Schlafzimmer, Kinderzimmer, Büro und „gute Stube" für besonderen Besuch und die hohen Feiertage. Stiers besaßen sogar schon ein Badezimmer mit einem *Junkers-Badeofen*, der mit Gas beheizt wurde. Die Töchter erhielten Klavierunterricht, wann es angezeigt war.

Die Zeit der Hausgemeinschaft der Familie mit dem Personal in solchen Betrieben wie dem der Stiers war vorbei.

Nur noch zwei der zwölf Gesellen, das Dienstmädchen und das Kindermädchen wohnten im Hause, und von zwei Lehrlingen ging einer zum Schlafen zu seinen Eltern. Diese Abkopplung der Arbeit vom Zusammenleben brachte natürlich auch mit sich, dass die Arbeitszeiten beim Stier in der Regel auf zehn Stunden sanken.

Familie oder Ehepaar Stier ging zu den regelmäßig wiederkehrenden Vergnügungen der wichtigsten Vereine, zum Schützenfest, zum Feuerwehrball und, das war neu, zum Turnfest. Die opportunistische Haltung zur Arbeiterschaft der Stadt war geboten wegen der im Stadtviertel angesiedelten Arbeiterfamilien, die beim Stier einkauften. Seit 1904 gab es auch einen Fußballverein. Stier nannte diesen Sport intern „Proletensport". Das hielt ihn aber nicht davon ab, einen kleineren Betrag zum Bau einer Spielplatzumzäunung beizusteuern. Stiftete die Innung einen Preis oder Ähnliches, legte er widerwillig dazu, weil er dann nicht persönlich genannt wurde.

Schon vor 1900 ließ Stier die Buchhaltung durch das Buchführungsbüro Max König erledigen. Mit den Steuern, der Krankenversicherung, der Alters- und Invalidenversicherung und der Unfallversicherung, alle zwischen 1883 und 1889 gesetzlich eingeführt, wäre er zeitlich überfordert gewesen. Und nun, bei 14 bis 16 Angestellten, musste jemand ständig dahinter her sein, dass die Leute ihre Beiträge zur Alters- und Invalidenversicherung entrichteten, dass die vom Unternehmer zu leistenden Beträge abgeführt wurden. Alle Versäumnisse waren vom Staate mit Strafen bewehrt. Altersrente aus den Beiträgen bekam man ab dem 70. Geburtstag. Je nach Lohnklasse von I bis IV waren vom Ar-

beiter 14 bis 30 Pfennige wöchentlich zu zahlen. Nebenbei:
Die Altersrente betrug dann je nach Klasse 106,80 bis
191,40 Mark im Jahr.
Stiers Dienstmädchen bekamen 90 Pfennige Lohn pro Tag.
Für den einfachen Gesellen war der Tageslohn 2 Mark, also
600 Mark im Jahr, und das entsprach der Lohnklasse III.
Der Arbeiter zahlte pro Woche dafür 24 Pfennige „in die
Rente". Menschen mit einem jährlichen Einkommen ab
800 Mark zahlten 30 Pfennige pro Woche. Damit war der
Beitrag gedeckt und der Gutverdiener bevorteilt.

Krieg

Die Formation der vergatterten Soldaten marschierte mit
Marsch-Musik vom Markt aus einmal die Straße hoch und
dann zurück bis zum Bahnhof. Der Leser kennt sicher die
Bilder mit den Blumensträußchen in den Gewehrläufen,
der jubelnden und winkenden Menge, den hüpfenden Kindern, den Stöckchen schwingenden älteren Männern, den
verweinten Frauengesichtern, den ernsten Mienen wissen-
der alter Frauen, den begeisterten Blicken junger Mädchen
auf die stolzen Krieger, die so straff und geschlossen mar-
schierten wie kein fremdländischer Soldat es vermochte. So
war es auch hier in der Stadt.
Aus den offenen Fenstern der grünen Bahnwaggons winkten die siegessicheren Väter und Söhne euphorisch zurück.
„Macht euch keine Sorgen, wir sind bald wieder da!"

Gottlob Schönherr marschierte auch mit. Seine Frau und
die Kinder weinten am Straßenrand. Zwei junge Männer
aus Stiers Belegschaft meldeten sich freiwillig.

Albert Stier arbeitete zeitweise wieder selbst mit. Aber
das Tagesgeschäft änderte sich bald erheblich. Mit Kriegs-
beginn 1914 erließ die Regierung ein Ausfuhrverbot für
Schlachttiere, Fleisch und Fleischerzeugnisse. Die Preise
für das Vieh schlugen Wellen. Es kam vor, dass Bauern
ganze Schweineställe räumten, weil sie keine Arbeitskräfte
mehr hatten. Billiger Überschuss und teure Verknappung
folgten einander. Die Rinderhaltung ging ebenfalls zurück.
Für einen Soldaten wurden 2 Kg Fleisch pro Woche geplant. Später war es noch ein Kilo. Die Bevölkerung kaufte
nur noch auf Marken ein. Die amtlichen Pro-Kopf-
Rationen auf der „Reichsfleischkarte" schrumpften mit
dem Kriegsverlauf. Stier konnte gut und gerne auf die Hälfte seiner Mannschaft verzichten.

Die Regierung schuf zum Zwecke der lückenlosen staatlichen Bewirtschaftung die „Reichsfleischstelle". Das geschah kurz vor dem berüchtigten „Kohlrübenwinter" 1916,
in welchem die Menschen entsetzlich hungern mussten. Es
waren schon vorher „fleischlose Tage" mit viel Propaganda
eingeführt worden. In den Städten gab es Massenspeisun-
gen für Bedürftige.

Der Quellmalz verlor seinen Posten, weil der Vieheinkauf
nun amtlich geregelt wurde.

Die Fleischer hatten verordnete „Fleischverkaufstage" einzuhalten. Da bildeten sich Schlangen vor den Geschäften.
Das Einkommen der Fleischer wurde am meisten durch
staatlich verordnete Verbilligung der Waren eingeschränkt.
Für Schwerarbeiter schuf man zentralisierte Wurstfabrika-
tionen, zu der auch stärkere Handwerksbetriebe herange-
zogen wurden.

Die Silberhochzeit der Stiers im Jahre 1915 führte nach
vielen Jahren wieder einmal die Schwestern und Schwäger
in das Haus. Man hatte sich auseinandergelebt. Bürgerlich
behaglich versuchten die beiden Paare einen Status zu wah-
ren, der zu dem hektischen Gebaren des Bruders und
Schwagers so gar nicht passte. Die Schwäger stufte Stier in
die Schicht der „Sesselfurzer" ein und hatte sie das immer
spüren lassen. Nie hatte er vergessen zu fragen, ob die Är-
melschoner schon durchgewetzt wären. Gustl wäre gern
Freundin der Schwägerinnen gewesen, aber sie durfte nicht.
Das Fest begann mit einem gemeinsamen Kirchgang. Ge-
bete und Gedanken des Geistlichen galten den Männern im
Felde. Zuhause am Mittags- und am Kaffeetisch herrschte
eine davon geprägte Stimmung, und nach dem Abendbrot
zogen sich die Gäste bald zurück. Eine öffentlich einsehba-
re Feier wäre in dieser Kriegszeit „wegen den Leuten" unangebracht gewesen. Mehr ist über das Verhältnis zu der
nächsten Verwandtschaft des Albert Stier nicht zu sagen.

Für alle Einzelhändler war zusätzliche Arbeit durch die
allgemeine staatliche Bewirtschaftung entstanden. Mit der
Schere schnitten die Verkäuferinnen zunächst einmal die
entsprechenden Abschnitte je nach Gewicht der verkauften
Ware aus der Lebensmittelkarte der Kundin. Zum Mo-
natsende saß die Hausgemeinschaft dann abends beim
„Markenkleben". Mit Leim und Pinsel mussten die Papier-
bitzel auf Zeitungsbogen geklebt werden. 50- oder 100-
Gramm-Marken und die anderen Werte wurden strikt auf
getrennte Bögen geklebt. Ganz unten am Rand standen das
errechnete Gesamtgewicht, Stempel und Unterschrift des
Geschäftsinhabers. Auf dem Rathaus fanden die Beamten

heraus, ob die verkaufte Menge mit dem staatlichen Fleisch-Kontingent des Meisters übereinstimmte. (Wer's glaubt.)

Mancher Fleischer zog wegen „Schwarzschlachtens" in den Knast ein. Die Häute mussten zwangsweise an zentralen Erfassung-Stellen abgeliefert werden. Und so wog das Vergehen doppelt schwer, weil dem Heere auch das Leder verlorenging. Man konnte ja schwerlich eine Haut abliefern, zu der es keinen „Schlachtschein" gab. Schiebereien mit Fleisch und Fleischwaren wurden ebenso streng bestraft. Die Veredlung wurde reglementiert. Zum Beispiel durfte kein roher und kein Kochschinken produziert werden. Aus dem schieren Fleisch war mehr Ausbeute mit Brühwurst zu erzielen.

Die Firma Stier lebte in der Hauptsache von der Heereslieferung. Wenn Stier auf dem Schlachthof der Stadt massenweise Rinderviertel verlud, traf ihn mancher böse Blick. Denn was die Folge des Krieges für das Handwerk sein würde, zeichnete sich schon bald ab: Von allen deutschen Fleischergeschäften gingen sechzig Prozent bis 1918 unter.

Ein wirtschaftliches und logistisches Problem der Firma Stier waren die Unmengen an Knochen, die bei der Dosenfleisch-Produktion anfielen. Über die Ernährungsstelle des Kreises wurden sie mit Hilfe des Obermeisters an alle Fleischer der Umgebung verteilt. Platte Knochen wie Rippen und Schaufelblätter mussten an die Abdeckerei geliefert werden, von wo sie der Leimproduktion zugeführt wurden. Den Begriff „Knochenbeilage" gab es im alten deutschen Fleischerhandwerk schon lange. Er war eingebürgert. Unter der Floskel „Wir kaufen das Vieh ja auch mit Knochen" legten die Fleischer schon immer den werten Kundinnen einen Anteil Knochen zum Fleisch bei. Und das nicht kostenlos! Nun, in der Zeit großen Mangels waren die Knochen für eine Suppe hoch geschätzt.

Am Hintereingang der Firma Stier wurden die Knochen den Kollegen zugewogen. Aber das war wohl nicht das Schlimmste in diesem Krieg.

Die Eltern Gottlob Schönherrs schickten im Herbst 1917 einen Brief im schwarz umrandeten Kuvert an Stiers. Ihr guter Junge war in der Todesmühle von Verdun gefallen. Sie bedankten sich mit einfachen Worten, dass Stiers den Sohn gefördert hatten. Gustl Stier wusste es schon aus der Zeitung. Sie besuchte die Witwe und weinte mit ihr um den armen Lob. Stier würdigte den Verlust am Stammtisch. Das war in den Kriegsjahren eine Einrichtung zur Erbauung und Stärkung vaterländischer Gesinnung mittels deutschnationalem Gefasels. Die strategischen Pläne der Helden wurden aber nicht aufgezeichnet und wären auch nur Makulatur gewesen. Denn sogar Hindenburg und Ludendorff, die oberste Befehlsgewalt verkörpernd, wussten irgendwann nichts weiter als die später „Dolchstoß-Legende" genannte Mär zu ersinnen. Die Heimat unterstützte die Front nicht so, wie es hätte sein sollen, und schuld daran waren die der Monarchie feindlichen Kräfte. Die sich im Heer und in der Flotte ausbreitende Kriegsmüdigkeit, die sich daraus entwickelnden revolutionären Gedanken, gaben den Ausschlag für das Scheitern. Die berühmten Feldherren stellten das so im Reichstag dar und sahen sich als „im Felde unbesiegt" an. Die Stammtischbrüder fluchten sowohl der SPD, als auch den sich formierenden Kommunisten, obwohl sich die beiden roten Parteien buchstäblich *bis aufs Blut* bekämpften. Da wurden markige Parolen über den

Bierkrug hinweg ausgegeben, und mancher hatte sich daheim bei seiner Frau für seine sonnenklaren Apelle zu rühmen.

Zur allgemeinen Lage gehörte auch der Mangel an Brennstoffen. Daher beschwerte sich der Herr Stier bei seinem Friseur, dass es im Laden so kalt sei. Er wurde sofort unterstützt vom Tuchfabrikanten Weinhold, der ebenfalls an seiner Frisur bessern lassen wollte. Sie foppten den armen Barbier, so dass der sich um die künftige Kundentreue der beiden honorigen Herren sorgte. Seine Wohnung lag gleich um die Ecke. Stier wusste das und schickte den Haarkünstler nach Hause, damit er gefälligst ein paar Scheite Holz hole. Inzwischen erlustigten sich die beiden Kunden ohne ihn mit einem Plan.
Als der Friseur am anderen Morgen um die Ecke bog, den Ladenschlüssel schon gezückt, erschrak er.
Vor seinem Laden lag ein großer Haufen Briketts. An die Tür kam er gar nicht heran. Die Klinke war unter der Kohle verborgen. Ein Wunder, dass die Glasscheibe der Tür noch ganz war. Der Berg zwang die Passanten vom Bürgersteig herunter. Statt Kamm und Schere, statt Pinsel und Messer mussten Schaufel und Eimer her. Die beiden Heereslieferanten taten sich auf diesen „Spaß" viel zugute.

Wer dagegen wenig Spaß am Leben hatte, war der junge Karl. Er wurde ab Ostern 1917 bei seinem Vater Lehrling. Aufgebracht im ständigen Kampf um das Fleisch, stark belastet durch körperliche Arbeit, hochbeansprucht durch alle mit der Existenz zusammenhängenden Gedanken und Aktivitäten, war Albert Stier gereizter denn je. Der Karl zitterte schon, wenn der Meister in seine Nähe kam und konnte sich darauf verlassen, dass es harsche Kritik oder mürrische Anrede und mindestens einen Rempler gab. Nicht jeden Tag, aber allzu oft. Nicht immer konnte Richard Armack die Ausfälle des Alten gegen den Sohn verhindern. Aber er konnte mit einem Blick trösten.

Die Ilse, das Nesthäkchen, hatte sonnabends am Abend die Aufgabe, das Geld bei den „Krautern", wir sagen lieber bei den kleinen Meistern abzuholen. Sie hätten das Fleisch, welches sie bei Stier kauften, nicht bezahlen können, ehe sie es verarbeitet und verkauft hatten. - Ilse hatte ihren Gang hinter sich, saß in der Küche und zählte noch einmal das gesamte Geld der neun im Buch verzeichneten Abnehmer. Die Summe der notierten Schulden und der mehrmals gezählte Betrag der Einnahmen stimmten nicht überein. Es fehlten fünf Mark.

Zum Glück war der Vater im Gasthaus. Die Mutter hatte sich ein wenig hingelegt. Ilse rannte noch einmal los und erzählte nacheinander den Meistern von ihrem Fehlbetrag. Keiner wusste, wie der entstanden sein konnte. Alle stellten sich vor, dass dem Kind nichts Gutes vonseiten des Vaters bevorstand. Schließlich nahm einer der Männer die Ilse bei der Hand, ging noch einmal mit zu einigen Kollegen. Man legte zusammen und nun stimmte die Summe. Der Mann sah auf seine Taschenuhr und meinte, Ilse könne so spät nicht mehr alleine zu Hause ankommen. Er begleitete das Mädchen und erklärte der inzwischen besorgten Frau Stier, dass seine Kinder die Ilse festgehalten hätten, weil sie mit ihnen spielen und singen sollte, was sie auch wunderbar gemacht hätte.

Ilse hat am folgenden Sonntag der Mutter alles gebeichtet. Die große Angst des Kindes vor dem Vater beschwerte einmal mehr das Herz der Mutter. Frau Stier erstattete den guten Männern das Geld heimlich zurück.

Auguste Stiers Lippen waren schmal geworden. Ihre einst strahlenden Augen hatten nun einen traurigen Ausdruck. Der änderte sich auch nicht, wenn sie lächelte. Für Außenstehende verlieh ihr das einen geheimnisvollen Reiz. Oft sah man nur eine verhärmt aussehende Frau von fast 50 Jahren. Sie musste neuerdings hämische Blicke eines Dienstmädchens ertragen. Wenn dieses Ding dem Chef oben servierte, drehte er sie um und drückte sie am Nacken über den Schreibtisch. Die Röcke hob sie selber. Danach fand sie jedes Mal in ihrer Schürzentasche ein silbernes Zwei-Mark-Stück. Aber wie hätte sich die stolze Bürgersfrau gegen die Schande, die ihr im eigenen Haus angetan wurde, wehren können? – Weil das unmöglich war, benahm sich das Mädchen so unverschämt, ganz ohne Scham.

Nun litt Frau Stier noch mit ihrem Karl.

Die Tochter Gertrud als Älteste nach Albert II. regierte anstelle der schwächer werdenden Mutter den Haushalt und war die einzige, die dem Vater Paroli bot. Einmal, in der Küche, wollte er in einem Tobsuchtsanfall auf sie losgehen. Da nahm sie den eisernen Feuerhaken aus dem Kohlenkasten und sagte: „Komm her!"

Das hatte eine verblüffende Wirkung auf den Wüterich. Er ging aus der Küche hinaus. Gertrud war um diese Zeit schon verlobt. Der Bräutigam war ein nicht zu unterschätzender Verwaltungs-Beamter aus Leipzig. Mit dem hätte sich Stier nicht anlegen wollen, daher der Rückzug.

Gertrud brachte es auch fertig, dieses verruchte Dienstmädchen zu vertreiben. Sie sagte ihr einfach: „Mach dich
fort, oder deine Verwandtschaft erfährt, dass du eine Hure
bist."

Auguste Maria Stier begab sich ganz langsam auf ihren
letzten Weg. Was sie nicht loslassen konnte, waren der
minderjährige Karl in seiner Not und die Ilse. Aber eines
Morgens wachte sie nicht mehr auf. Albert Stier war zwar
vorbereitet, jedoch heulte und jammerte er so laut, wie es
ihm seine Kinder nicht zugetraut hätten. War es Reue? War
es das Erinnern an das schönste junge Mädchen seiner
Jugend, voll Liebreiz und Unschuld? Sicherlich war es eine
Verknüpfung dessen.

Die Trauer dauerte bei ihm etwa zwei Wochen. Dann
tobte er schon wieder. Man schrieb das Jahr 1918. Stier
bekam im Sommer noch ein Problem hinzu.
Der Karl war verschwunden.
Als sich Stier nach drei Tagen abends mit Armack beraten
wollte, sagte der: „Pass auf, Albert, gestern habe ich eine
Postkarte von Karl bekommen. Er fragt, ob ich ihm helfen
könnte."
„Und das sagst du mir erst heute", schrie Stier.
„Wenn du anfängst zu brüllen, binde ich die Schürze ab
und lasse dann meine Papiere und mein Geld abholen",
erwiderte ganz ruhig der Polier.
„Komm, mach weiter", sagte Stier stirnrunzelnd.
„Ich bin es deiner Frau schuldig, dem Jungen zu helfen.
Und du solltest ihm als Vater und um ihretwillen auch helfen. Aber auf die Weise, dass du nur von weitem zuschauen
kannst. Der kann und darf nämlich jetzt nicht herkommen.

Da geht der ein wie eine Primel, so wie du den behandelst.
Der kriegt einen Knacks fürs Leben!"
„Nu mach's mal halblang, und überhaupt, der ist mein
Sohn, nicht deiner!"
Armack sprach ungerührt weiter: „Ich habe nachgedacht.
Ich möchte das so: Karl bringe ich zu einem Cousin, der
eine kleine Wirtschaft hat. Dem kann Karl helfen, bis ich
eine Lehrstelle…"
„Was denn, *du* möchtest etwas so und so, suchst eine Lehr-
stelle für den, für *meinen* Jungen? Dass ich nicht lache…"
„Hör mich an", unterbrach nun Armack. „du hältst dich
von dem armen Kerl fern. Der ist im Stande und rennt in
sein Unglück. Ich weiß, wie verängstigt der ist."
„Und wo ist der jetzt, … heute?" Er wusste, dass Karl
nicht bei einer seiner Tanten war.
„Ich sage es dir nicht, eher binde ich tatsächlich meine
Schürze ab. Weiter: Du stellst mir eine Vollmacht aus,
damit ich bei dem Fleischer, der mir vorschwebt, deine
Stelle vertreten und den Lehrvertrag abschließen kann. Der
Meister muss eingeweiht werden in euren Zwist, denn er
muss wissen und begreifen, dass der Karl nicht zu dir darf.
Wenn der Junge Geselle wird, sehen wir weiter."
„Auf keinen Fall gehen meine Familienangelegenheiten
einen Fremden etwas an", sagte Stier mit starker Stimme.
Armack erwiderte: „Unter Männern, also unter Kollegen
kann man das durchaus sagen, das sich Vater und Sohn
derzeit nicht so gut verstehen. Es kommt darauf an, dass
der Junge ruhig wird und sich aufs Lernen richten kann,
endlich mal keine Angst mehr haben muss. Albert, geh in
dich, du warst schon immer viel zu hart zu deinen Kindern.
Hast nie gespannt, wie Gustl darüber ganz traurig war."

„Gustl? - Jetzt reicht's", brüllte Stier. Aber nun brüllte sein Angestellter ebenfalls, nur noch lauter: „Du Ungeheuer, kannst du dir gar nicht vorstellen, welche Verzweiflung in so einem Kind herrschen muss, dass es jeden Rest von Heimat und Sicherheit einfach hinter sich lässt und ins Ungewisse davon läuft? Ohne alles? - Heh, nu mach mal, stell's dir endlich vor! Sei froh dass der Karl noch lebt oder nicht unter die Strolche geraden ist, immer noch weiß, an wen er sich wenden kann. Sei froh! Sei froh, dass *mir* das wenigstens zu Herzen geht, jemand dem er vertraut. Und glaub mir: ich werde dieses Vertrauen nicht verletzen. Und jetzt ist Schluss der Vorstellung!"
Damit begab sich Armack auf den Heimweg.

Stier dachte nun ebenfalls nach. Er als würdiger Handwerksmeister, als geachteter Bürger der Stadt, als … nein die Polizei konnte er gar nicht einschalten, Schande, Klatsch! Ach ja, er musste seinen Leuten etwas erzählen oder musste die vergattern. Jeder, der dummes Zeug herumträgt, fliegt sofort!
Natürlich hatten die Leute getuschelt, wo denn der Karl auf einmal hin sei, aber so schlau waren die selbst, lieber nichts auszuplaudern. Dazu war der Meister viel zu gefürchtet.
Ebenso natürlich waren auf Kopfkissen oder am späten Küchentisch allernächste Angehörige unter dem schärfsten Schweigegebot mit den Bedenken um den armen Karl beschwert worden.

Es wurde vom Meister schließlich persönlich mitgeteilt, dass der Doktor für den Karl dringend Luftveränderung verordnet habe und Karl jetzt abseits der rußgeschwängerten Industrie-Luft weiter lerne. Das Dienstmädchen konnte das nur bestätigen, da sie ja eigenhändig den Korb mit der „Wäsche und so" für den Karl gepackt hatte.

„Na gut, aber wo isser denn nu", war die allgemeine Frage in der Belegschaft.

„Im Thüringer Wald, tja wie hieß das denn noch…", war die schwammige Antwort.

Richard Armack hatte den armen Jungen sofort zu seinem Cousin geschickt. Dort konnte er erst einmal untertauchen. Dann fand sich eine Lehrstelle bei Gera.

Armack tat sich auch mit dem Doktor Pfefferkorn zusammen, und der schärfte dem Stier ein, dass dieses Kind jetzt absolut nicht gestört werden dürfe. Er, der Vater, wolle sich doch wohl keine Verzweiflungstat des Sohnes auf die Seele binden.

Albert Stier war in dieser Sache niedergerungen. Er zahlte das Lehrgeld für seinen Sohn und gab Richard Armack so viel, dass der Junge sich kleiden konnte, mehr nicht. Armack verkehrte brieflich mit dem Lehrherren Karls. Nach einiger Zeit war man mit ihm zufrieden.

Als die Lehrzeit beendet war, begab sich der Vater unangemeldet zu seinem Sohn, um ihn heim zu holen. Er fand diesen aber nicht mehr vor. Karl wusste, dass es keine Harmonie zwischen ihm und seinem Vater geben würde. Er war auf Wanderschaft gegangen und tauchte in Berlin unter. In dieser äußerst bewegten und politisch turbulenten Zeit hätte sich keine Behörde um einen entlaufenen Junggesellen gekümmert.

Karl musste es schaffen, sich vor dem Vater zu verbergen, bis er rechtlich selbständig, „großjährig" war. Und das muss er geschafft haben. Man darf annehmen, dass ihm sein Bruder, der Berliner Chemiker, dabei geholfen hat.

Neue Zeiten

Am Stammtisch war damals tiefe Trauer, als der Kaiser abgedankt hatte. Was wäre gewesen, hätten die Brüder gewusst, dass Prinz Max von Baden, der letzte Reichskanzler, am 9. November 1918 eigenmächtig die Abdankung seiner Majestät verkündet hatte? Dass es dadurch für den Kaiser kein Zurück mehr gab, er eine eigene Erklärung nicht einmal im Nach-Trab hatte erlassen können?

Zur Trauer über das Ende des Kaiserreiches fügte sich Zorn über die Revolution, die sich ab Anfang November von Norddeutschland über das Ruhrgebiet bis nach Bayern ausdehnte. Zum Zorn gesellte sich Furcht vor der Zukunft des Einzelnen, dann erst Deutschlands. Das Wort *Bolschewismus* ließ die Männer erschauern. Was macht man denn nun mit dem Vermögen? Würde man eventuell geplündert werden? Würden die Räte alle enteignen, die Konten einziehen?

Stadt-Pfarrer Vieweg kannte die Lösung für alles:

„All Eure Sorgen werfet auf IHN!"

Den Brüdern war im Verein nicht nach Beten.

Man weiß aber, immer wenn es allen schlecht geht, beten viele.

Albert Stier betete nicht. Er fürchtete sich, zu seinem Schöpfer zu sprechen, weil er sicher kein Guthaben bei dem hatte. Er sah nach seinem Tresor und dessen Tarnung. Sie war perfekt.

Mariechen, die Zweitjüngste, nun heiratsfähig, verursachte eben unter diesem Prädikat weiteren familiären Ärger. Sie hatte nämlich im Frühling 1919 im Kirchenchor den schönen jungen Lehramtsanwärter Johannes Friedewald kennengelernt. Als sie ihn nach langer ängstlicher Vorbereitung dem Vater vorstellen durfte, es war im Januar 1920, kam es zu folgender Szene:

Der junge Lehrer mit Bürstenschnitt, in seinem besten und einzigen Anzug, mit Stehkragen, schmalem schwarzen Binder, ein goldenes Uhr-Kettchen an der Weste und mit blitzendem Kneifer auf der Nase, die Gläser waren optische, also keine aus Fensterglas, wie bei anderen jungen Leuten, stand vor dem Vater seiner Angebeteten. Er konnte mit einem sicheren Lehrergehalt ab nächstem Jahr und einer kleinen Erbschaft von seiner Großmutter aufwarten. Dann sagte er unaufgefordert, dass er sich auch für Kinder aus armen Familien einsetze, indem er einen Kinderchor gegründet habe und auch kostenlos Nachhilfeunterricht in Rechnen und Schreiben gäbe.

Stier horchte auf. Er fragte: „SPD?"

Blitzschnell überlegte Johannes und entschied sich dafür, dem potentiellen Schwiegervater von Anfang an immer die Wahrheit zu sagen. Seine Antwort lautete daher „Ja".

Stier trat ganz nahe an den jungen Mann heran und sagte: „Der letzte, dem ich meine Tochter gebe, wäre ein sozialdemokratischer Hilfslehrer. Leb wohl!"

„Aber Herr Stier…" - „Schluss, mach fort!"

Für die beiden verliebten und gleichzeitig ernsthaften jungen Menschen begann eine schwere Zeit. Mariechen hielt an ihrem Johannes fest und er an ihr. Einsperren konnte der Vater die Zwanzigjährige nicht mehr, also trafen sich die beiden, verlobten sich einander ohne die Konventionen zu beachten und dachten auf Mittel, den Alten zu bezwingen. Auf eine Mitgift konnten sie nicht verzichten, und ein späteres Erbteil mochten sie nicht gefährden.

Johannes wurde festangestellter Lehrer, der schnell bei den Schülern beliebt war. Er sprang als Hilfsorganist in der Kirchgemeinde ein und tat sich in der SPD nicht weiter hervor. Mitglied der Partei blieb er. Ein Jahr nach seinem Rausschmiss bei Herrn Stier schrieb er ihm einen lange zurechtgefeilten Brief. Darin bat er herzlich um die Hand Mariechens und ließ jedoch deutlich erkennen, dass niemand auf der Welt die Ehe zwischen ihr und ihm verhindern könne.

Wieder einmal fing Albert Stier an zu denken und wegen der Leute, so dachte er, konnte er sich nicht mehr sperren. Der Kerl hatte schon Ansehen in der Stadt, das war ein Faktum und eine andere Sache war, dass Mariechen nicht mit in eine billige Miet-Wohnung ziehen könnte. Wie stünde er, der wohlhabende Vater denn dann da? Das Lehrergehalt war für den Anfänger zwar garantiert, aber nicht üppig. Die würden alleine ganz schön zu knappern haben, dachte Stier.

Die Hochzeit fand 1922 statt und bald erwarb das junge Paar in der neu angelegten Reformsiedlung am Rande der Stadt eine Doppelhaushälfte mit Hilfe Stiers und einer Hypothek. Lange bauen hätten sie nicht gedurft, denn es kamen die Zwillinge Wolfgang und Hansi an.

Mit den Babys konnte der alte Stier zunächst nicht viel anfangen. Schon die kleine Tochter der inzwischen in Leipzig verheirateten Gertrud hatte er nur einmal gesehen und nicht weiter beachtet. Erst, als die beiden kleinen Jungen mitwandern konnten und sich alle Umstände für den Großvater geändert hatten, wurden sie für ihn interessant.

Richard Armack war mit seinem dominanten alten Weggefährten im Geiste schon lange fertig. Da traf er eines

Abends in einer Gaststätte den Obermeister Nitsche. Sie tasteten sich ab. Nitsche erzählte beiläufig von einem Fall, wo einem langjährigen Erstgesellen jüngst der Meistertitel zuerkannt worden war. Na gut, es hätte vor der dortigen Innung eine kleine Befragung gegeben, aber die Sache ging glatt. „Wo doch nun so viele junge Fleischer gefallen sind, muss man dem Handwerk wieder aufhelfen", sagte der alte Gegner Stiers.

Damit war die Trennung vorbereitet.

Die Konservenproduktion stellte Stier schon Anfang 1919 ein. Die letzten Lieferungen waren nicht bezahlt worden. Das kaiserliche Heer gab es nicht mehr.

Die Einführung einer Planwirtschaft in der jungen Weimarer Republik war misslungen. 1920 wurde die Fleischzwangswirtschaft aufgehoben; die Reichsfleischstelle stellte ihre Arbeit ab Oktober 1921 ein.

Richard erhielt den Meistertitel und stellte sich in den Dienst einer Kriegerwitwe am Orte, die wegen ihres halbwüchsigen Sohnes das Geschäft unbedingt weiterführen wollte. Nun war das mit dem amtlich vorgeschriebenen Meister möglich. Sie mussten kämpfen und saßen die schlimme Zeit der Inflation bis zur Ausgabe der Rentenmark irgendwie aus.

In den Monaten August, September und Oktober 1923 verzehnfachte sich die Geldmenge, pro Monat! Hinter den astronomischen Beträgen auf den Banknoten stand kein Wert. Als Albert Stier merkte, dass er seine Ware während der irrwitzigen Geldentwertung quasi verschenkte, entließ er alle Mitarbeiter und schloss alle geschäftlichen Vorgänge ab. Das amtlich angemeldete Gewerbe ließ er ruhen.

Er war nun 56 Jahre alt. Seine jüngste Tochter, die Ilse, führte ihm den verkleinerten Haushalt.

Im gesamten Mittelstand war ein großer Teil der Geschäftssubstanz vernichtet. Das Fleischergewerbe musste sich nach der Stabilisierung der Währung mühsam hochrappeln. Vielen gelang das nur durch die Aufnahme hoher Hypotheken oder anderer Kredite, die den Familien für viele Jahre nur ein fast ärmliches Leben erlaubten. Auch im Hause Stier ging es bescheiden zu. Albert, der Schlaue, hütete sich, Neid zu erwecken. Er hatte nicht einmal ein Dienstmädchen, nur zeitweise eine Zugehfrau. Das Pferd hatte er unter Wehmut verkauft. Sein eleganter Wagen stand zugedeckt in der alten Konservenhalle.

Halbjährlich reinigte er selber die Arbeitsräume, den Laden und schmierte die Maschinen ab, damit er alles einmal gut verkaufen oder verpachten könnte. Sahen ihn die Leute beim Fegen des Fußsteiges, wussten sie nicht, was davon zu halten war. Er verlegte sich auf das Lesen und unternahm lange Spaziergänge, fuhr auch noch Fahrrad. Auf den Dörfern besuchte er alte Bekannte unter den Bauern, lernte die Nachfolger kennen und begutachtete das Vieh. Ab 1926 begann er einen kleinen Viehhandel im überschaubaren Radius.
War er außerhalb der Stadt unterwegs, benutzte er einen besonderen Stock. Wenn man dessen oberes Ende, gewusst wie, kräftig gegen eine Handfläche schlug, schnellte ein Stilett aus dem Knauf. Den Überfall vor vielen Jahren hat er nie vergessen. Er musste sich gewappnet sehen.
1924 erwarb er einen Radio-Apparat und ein Grammophon. Er besaß Wagnerplatten und welche mit Walzermu-

sik. Fleisch und Wurst kaufte er bei Richard „hinten" ein, probierte unaufgefordert und monierte mit schrägem Blick immer irgendeinen Mangel. Wenn Richard nicht darauf einging, feixte Stier und einmal sagte er: „Mach's gut, Altschneider." So bezeichnete man im Fachjargon spät kastrierte Eber. Für beide war diese Frozzelei ein Zeichen alter Vertrautheit.

1925 heiratete seine Tochter Ilse den hoffnungsvollen Buchhalter der größten Tuchfabrik, Albert Zumgiebel.
Stier nahm sich eine Wirtschafterin, die er nicht als Frau wahrnahm, die ihn aber gut bekochte und auch sonst alles ordentlich versorgte und pflegte.

Die neue Rentenmark stand Ende 1923 im Werte gleich mit der Goldmark, und für 4,2 Renten- oder Goldmark gab es einen Dollar. Erstaunlich ist, dass die neue Währung der Rentenmark auf Goldbasis gedeckt war. Nach der Reform sprach man daher nur noch von der Goldmark, auch wenn Papier im Geschäft war.

Der Stammtisch befasste sich einen ganzen langen Abend mit dem Menschenfresser Haarmann aus Hannover. Herr Stier musste zur Anatomie und Zerlegung der 27 jungen Männer referieren. Polizeidirektor Hartig beschrieb die Technik des Fallbeiles. Schuldirektor Immelmann ging auf die Psyche des Verbrechers ein, und Apotheker Weck sagte etwas zur Konservierung und Verteilung der eingekochten Produkte. Da wurde es dem Pfarrer Vieweg zu dumm. Er rügte seine „lieben Männer" für ihr seelenloses Daherschwatzen über so etwas Ungeheuerliches.

Die „Goldenen Zwanziger", erst später so benannt, er-
ahnte Albert Stier, wenn er seinen Sohn Albert, den Doktor
in Berlin besuchte. Das unternahm er drei vier Mal in großen Zeitabständen. Berlin war ihm aber mit den ganz neu-
en Äußerlichkeiten, der überbordeten Geschäftigkeit, dem
allgemeinen Tempo und dem Geruch des Dekadenten un-
heimlich. Jeder, der Geld hatte, konnte jetzt vom Flugfeld
Tempelhof irgendwo hin fliegen. Die Autos wurden immer
größer, die Weiber immer kapriziöser und sie tanzten
schamlos zu „Negermusik". Bei allem Trubel hätte man ihn
ganz versunken lächeln sehen können. Denn er dachte sich:
„Tobt mal ruhig, werft ruhig mit Geld um Euch, solider
stehe ich allemal da."

Zwischen dem alten Haudegen und dem unverheirateten
Wissenschaftler gab es nicht viel Gemeinsames. Der funk-
tionale Junggesellenhaushalt war wenig anziehend, also kein
bisschen gemütlich. Immer noch war es für den Vater ver-
dächtig, dass der Sohn nicht verheiratet war und auch keine
Absicht zu ehelichen erkennen ließ. Albert II. erzählte dem
Vater von Karl. Der würde in den großen Bädern und
Kurorten Europas als Saisonfleischer arbeiten. Mal an der
See, im Winter in den Alpen, mal in der Schweiz oder in
Österreich, plane auch, zur See zu fahren und denke wohl
nicht an einen Kontakt mit dem Vater.
Albert Stier redete niemals von sich aus über Karl und zeigte keinerlei Regung, wenn es andere taten. Aber es
schmerzte ihn tiefinnerlich, so dauerhaft verachtet zu wer-
den. Wenn er wieder zu Hause war, wurde ihm besser zu-
mute.

Die Absage seines Sohnes Karl an eine Wiederkehr bedachte Stier nun taktisch. Er annoncierte sein Geschäft mit
den zwei Grundstücken und allem Inventar in der Allge-

meinen Fleischerzeitung. Nicht lange, und es meldeten sich ein Meister aus Leipzig, einer aus Chemnitz und noch andere. Die Leipziger Familie erschien mit den Eltern und dem Sohn nebst Schwiegertochter. Der Vater muss wohl ein ähnliches Talent wie Stier gewesen sein, denn er kaufte für seinen Sohn das Ganze, ohne lange zu feilschen.

Albert Stier erwarb ein kleines festes Stadt-Haus im besten Zustand, ohne Garten, mit kleinem Hof, so dass er ziemlich ungebunden gehen und kommen konnte, wann er wollte.

Dämmerung

Stadtpfarrer Vieweg und Schuldirektor Immelmann waren gestorben. Der Prokurist Ziegler entschuldigte sich oft. Mit dem Baumwollimport sah es dank britischer Politik schlimm aus und damit auch für ihn. Ersatz suchten die Stammtischbrüder nicht. Man konnte ja nicht wissen, ob Neue zu dem Denken des vertrauten Kreises passen würden. Es gärte gewaltig im Lande. Mit wechselnden Regierungen, mit Notverordnungen, mit Straßen- und Saalschlachten zwischen Roten und Braunen ließ es sich nicht gut leben. Das *Wort* musste gewählt oder vermieden werden. Prokurist Faulhaber gab Schnaps aus, den er nicht bezahlen musste und erwarb zeitweise Gesprächshoheit, weil er 24 Stunden lang Witze erzählen konnte. Apotheker Weck wagte es einmal, im Zusammenhang mit tätlich abgelaufenen Auseinandersetzungen „der Straße" vom gestiegenen Verbandmittel-Umsatz zu witzeln. Polizeidirektor Hartig sprach gar nicht mehr viel. Er stand zwischen den Fronten und kurz vor der Pensionierung.

Der Zeppelin brachte Aufregung in die Stadt, und immer mehr Leute hatten Telefon und Radio. Es gab zwei Kinos. Und die Weltwirtschaft hatte Schäden im Gebälk.

„Mensch, das interessiert mich eigentlich alles gar nicht", dachte Albert Stier. Die „Machtergreifung" 1933 sah er als amüsierter Zuschauer an. Erst, als sein Schwiegersohn Johannes Friedewald wegen seiner SPD-Mitgliedschaft von den Nazis aus dem Schuldienst geschmissen wurde, nunmehr als stellvertretender Direktor, befasste sich Albert Stier wieder mehr mit dem, was in Deutschland geschah. Und gerne ging er ins Kino, wo man häufig lachen konnte.

Mit innigem Vergnügen, das er vorher nie empfunden hatte, traf er oft seine beiden Enkel und unternahm auch viel mit ihnen. Sogar in den schon berühmten Leipziger Zoo fuhr man.

Johannes Friedewald war nicht lange arbeitslos. Das Kirchensteueramt stellte ihn ein.

In Leipzig starb die Gertrud. Stier trauerte still. Dass Kinder vor den Eltern sterben können, machte ihn, nun da es ihn selbst betraf, traurig. Zu diesem Leipziger Schwiegersohn hatte sich leider so gut wie keine Verbindung entwickelt. Auch die Enkelin war dem Großvater fremd geblieben. - In der großen, kalt schallenden Trauerhalle saß der eigentliche Patriarch verloren da.

Die Stammtischbrüder trafen sich nicht mehr regelmäßig; die Herren hatten alle ihre Zipperlein. Sie verabredeten sich per Telefon in Abständen.

Wenn sie sich trafen, gab es nicht mehr viel zu lachen. Jeder sprach leise. „Feind hört mit!" Diese Nazi-Parole nahmen sie vorweg für sich.

Als der Herrenausstatter Blumenthal von SA-Männern auf die Straße gestoßen und weggefahren wurde, ging Stier gerade spazieren. Beinahe hätte er den Stock gehoben um dazwischen zu gehen. Zum Glück war der Impuls kurz.

„Wo bringen sie die Juden hin? Ach ja, Kommunisten, alle waren Arbeiter, sind auch abgeholt worden. Was wird mit denen allen“, dachte Stier. Besser war es, diesen Fragen nicht nachzugehen.

„Hat der nun Recht, wenn er den Schandvertrag von Versailles rächen will? Gefreiter soll der bloß sein. Wie will denn der den Generälen Befehle geben?“
Ärgerlich versuchte Stier das sinnlose Grübeln abzustellen.

Johannes Friedewald besaß eine ansehnliche Büchersammlung. Viele Bücher hatten Lederrücken mit Goldprägung. Die stammten vom „Volksverband der Bücherfreunde“, dessen Mitglied Friedewald seit 1919, dem Gründungsjahr, war. Andere Bücher waren nach sorgfältiger Auswahl gekauft worden. Die beiden Jungen berieten den Opa bei seiner Ausleihe. Einmal empfahlen sie ihm das Buch „Via mala“ von John Knittel. Sie fanden es toll. „Das musst du lesen, da geht's verdammt hart zu.“ Sie werden die Empfehlung aus reiner Begeisterung gegeben haben, denn sie wussten nichts von der Art des Großvaters in früherer Zeit. Und die feine Mutter Mariechen hat sie bestimmt nicht mit negativen Gedanken über den Alten belastet. Der Vater Johannes Friedewald mit seiner noblen Gesinnung schon gar nicht. So geriet der alte Stier durch gute Meinung, nicht durch hintergründige Absicht in einen Prozess der Selbsterkenntnis. Er las und war erschüttert. Er dachte nicht, dass man ihm das Buch untergeschoben habe, um heimlich zu sagen: „Hier, schau mal, du warst fast so

schlimm." Aber er ging in sich. Was der furchtbare Säge-
müller Lauretz seinen Kindern und anderen antat, verglich
der alte Sünder mit seinen eigenen Untaten. Sein Schlaf war
gestört, und sein verändertes Auftreten konnte sich niemand erklären. Doktor Pfefferkorn war auch alt geworden
und praktizierte nicht mehr. Aber als er Herrn Stier auf
dem Friedhof begegnete, stellte er sofort die robuste Frage:
„He, was ist denn mit Ihnen los?"
Stier erklärte ihm die Ursache für seine offensichtliche
Niedergeschlagenheit nicht.
Aber er wäre nicht der Privatier Albert Stier gewesen, wenn
er auch diese depressive Phase nicht überwunden hätte. Er
rückte sachte näher an die Familien Friedewald und Zumgiebel heran. Die Ilse hatte eine kleine Tochter zur Welt
gebracht. Sie hieß Christa. Später kam deren Schwester
Helga noch dazu. Albert Zumgiebel war über den Ober-
buchhalter zum Prokurist aufgestiegen. Das imponierte
dem Schwiegervater.
   Die Friedewald-Jungen waren auf dem Gymnasium und
machten von ihren Erfolgen nicht viel Wesens. Aber der
Großvater quetschte sie immer wieder aus und war dann
mit kleinen Prämien hilfreich. Regelmäßig unterhielten sich
die Schwäger mit dem Alten. Da konnte man wenigstens
ohne Furcht reden. Dass bald Krieg käme, darüber gab es
keinen Zweifel bei den drei Männern.

Schluss

Karl, der Soldat auf Kurzurlaub, schaute sich im Zimmer seines Vaters um. Die einstmals teuren Kirschbaum-Möbel, mit Pilastern, Giebeln, gedrechselten Säulen und Kugeln verziert, die zu große Gemälde-Kopie der kaiserlichen Offiziere, die hohe Eckvitrine mit der kolossalen runden Glasscheibe, mit der Humpen-Sammlung darin, das alles hatte er als Kind nur an wenigen Feiertagen gesehen. Sonst durfte die gute Stube nicht betreten werden.

„Zur Beerdigung von der Gertrud hättest du doch kommen können", sagte der Vater.

„Da schwamm ich als Schiffskoch gerade zwischen Chile und dem Panama-Kanal." Karl verriet nicht, dass er vor Jahren einmal heimlich in der Stadt war. Damals war ihm der Pomp der Grabanlage für die Mutter wie eine Verhöhnung der Dulderin vorgekommen.

Aber er scheuchte bittere Gedanken weg.

Endlich setzte sich der Vater langsam in die Ecke des Kanapees. Der dunkelrote Plüsch war an der Sitzkante und am Bock etwas abgeschabt. Karl saß auf den nächsten Polsterstuhl.

„Bist du Fleischermeister?"

„Ja, schon lange."

„Und ein Geschäft?"

„Hab ich zum Glück nicht. Siehst ja, muss Soldat spielen."

„Aber hier hättest du…"

„Vater, lass sein!"

„Hm."

Sie schwiegen.

Karl dachte an einen Weihnachtsabend in der guten Stube. Sofort wuchs wieder der Kloß im Hals. Die Mutter war

damals nach Ladenschluss am Heiligen Abend im Kühlraum ausgeglitten und auf den Hinterkopf gefallen. Die
Platzwunde blutete stark. Der Doktor nähte sie. Dafür
beschimpfte der Alte die Mutter noch in einem furchtbaren
Wutanfall. Sie verderbe ihm das Weihnachtsfest! Alle Kinder, auch die großen Schwestern Gertrud und Mariechen
bekamen Püffe und Ohrfeigen, weil sie nicht aufgepasst
hätten. In der Weihnachtsstube sollte nach dem Willen des
Vaters später alles wie immer ablaufen. Die Kinder mussten singen. Ihre Stimmen wollten aber nicht klingen. Alle
hatten mit dem Weinen zu kämpfen oder konnten aus
Zorn und Abscheu nicht singen. Ihr einziger, aber schwa-
cher Schutz, die Mutter, saß steif und mit unbeweglichem
Gesicht in ihrem Damensessel, einen Verband um den
Kopf gewunden.

„Da steht das elegante Stück noch. Wie neu sieht es aus.
Durfte niemand nach ihr darin sitzen", dachte Karl. An
sein damaliges Weihnachtsgeschenk erinnerte er sich nicht.

Karl rührte nicht an die tiefen Wunden der Familie.
Albert sah fast ängstlich auf diesen Mann in seiner Stärke,
den er nicht kannte, der aus einem unbekannten Lebens-
raum herüber gekommen schien, der aber doch von Natur
ihm angehörte.
Von seiner Schuld konnte der Alte nicht sprechen. Die
Größe, um Vergebung zu bitten, hatte er nicht, zumindest
so unvorbereitet nicht. Es kam zu keinem Gespräch.
Plötzlich beugte sich der Alte vor und tätschelte die Hand
des Sohnes. Aber schnell zog er sich zurück und sah unsicher von unten her zu dem Sohn. Er stand auf und brachte
zwei Bügelflaschen mit Altenburger Bier. Als es ausgetrun-
ken war, sagte Karl in großer Verlegenheit, er müsse nun

gehen, käme aber noch einmal wieder, bevor er zur Truppe führe.

Die Aussöhnung war praktisch mit der Umarmung vollzogen worden. Sie war aber zweiter Klasse. Der Soldat wischte sich auf der Straße mehrmals die Augen. Dieser, ihm eigentlich fremde, alte Mann tat ihm leid und er sich selbst auch, weil es zu spät war, das bisher mitgeschleifte bedrückende Bild des Vaters auszulöschen. Er würde nicht noch einmal hingehen, oder?

Das Telegramm seiner Einheit enthob ihn aller Zweifel. Er musste unverzüglich abreisen. Es geht wohl los, mutmaßte er. Sein Testament hinterließ er bei Friedewalds. Bei Zumgiebels waren es die beiden kleinen Mädchen, die ihm den Abschied bitter machten. Würde er am Leben bleiben? Würde er auch einmal eine Familie haben? Er schenkte den beiden einen Beutel verklebter französischer Bonbons und streichelte versunken das duftende Haar der Kinder.

Die beiden Söhne der Friedewalds, seine Neffen, hatte er nicht angetroffen, weil sie schon eingerückt waren. Hansi und Wolfgang wurden nach dem Notabitur sofort gemustert. Diese Abkürzung des Bildungsganges und die vorfristige Bestätigung der „Reife" mittels abgewandelter Prüfung war ab 1939 für „kriegsverwendungsfähige" Gymnasiasten eingeführt worden.

***

Karls Besuch beim Vater war schon ein Jahr oder etwas länger her und in den Hintergrund gerückt. Obergefreiter Karl Stier war zu einer „Schlachterei-Kompanie" abkommandiert. Sein Risiko war um den Zeitanteil geringer, während dessen er sein Handwerk ausüben durfte, an Rindern, Schweinen, Schafen und Ziegen, wo sie auch immer her kamen. Es wird sicher, zum Schaden der Fleischerehre, auch manches Pferd dabei gewesen sein.

Sonst waren er und seine Kameraden auch nur missbrauchte Frontsoldaten.

So, wie er später nichts über Krieg und Gefangenschaft erzählen wird, ist auch hier nicht der Raum dafür.

Ich weiß nur, dass Karl Stier immer an sein Durchkommen geglaubt hat. Er schrieb seinem Vater ein Lebenszeichen und erhielt auch Antwort.

Eine Nachricht, die zu Hause großes Elend schuf, hat ihn nicht erreicht. Die beiden Söhne Mariechen und Johannes Friedewalds, die hoffnungsvollen jungen Männer Wolfgang und Hansi Friedewald fielen beide innerhalb zweier Wochen.

Mariechen hat damals den Entschluss gefasst, ihrem Leben das Ende zu bereiten. Johannes hat das geahnt und ist viele Male mitten in der Arbeit vor Angst und Sorge nach Hause gelaufen. Sie wusste, warum er vor seiner Zeit plötzlich auftauchte. Sie hat gewartet und den Tag gewählt, an welchem sie niemand mehr hätte zurückholen können. Sie hat es geschafft, die niemals zu tröstende Mutter.

Der hochachtbare Mensch Johannes Friedewald hat weiter gelebt, nie geklagt, selten gelächelt, sich aber auch anderen Menschen liebevoll zugewendet. Er trauerte mit seinem Schwiegervater zusammen, kümmerte sich um ihn und stand ihm in seiner letzten Stunde bei.

Albert Stier hatte eines Abends das gerahmte Bild seiner gefallenen Enkel genommen und sich damit ins *Eckbrettl* begeben. Dort stellte er die Fotografie vor sich hin und trank ihr mehrmals zu. Plötzlich drehte er das Bild um, nahm es in die Hände, stand auf, zeigte es nach allen Seiten und schrie: „Hier, die Beiden hat das Schwein auch auf dem Gewissen."

Die Männer kehrten sich ab und machten sich ganz klein.

Der Wirt sagte: „Herr Stier, gehen Sie nach Hause, sofort!"

Am nächsten Morgen wurde Albert Stier von der Polizei abgeholt. Im Untersuchungsgefängnis erlitt er nach drei Wochen einen schweren Schlaganfall und wurde nach Hause gebracht, wo er bald starb. Das war kurz vor dem Ende des grenzenlosen Krieges. Da glaubten einige Diener des Regimes nicht mehr an den „Endsieg". Solche müssen es gewesen sein, die den hinfälligen alten Mann entließen.

***

Karl Stier kam 1948 aus sowjetischer Gefangenschaft frei. Auf dem Entlassungsschein steht in kyrillischer Schrift „Dystrophie", was Muskelschwund bedeutet.

Chronische Unterernährung durfte wohl kein dortiger Militärarzt attestieren.

Die Schwester Ilse päppelte den Bruder auf. Im Wettbewerb um einen Kuppelpelz gelang es einer weitläufigen Verwandten, den Fleischermeister mit einer Witwe bekannt zu machen, die eine Fleischerei besaß.

Ihr Sohn war 12 Jahre alt.

Bei ihnen fand Karl Stier endlich wieder ein Zuhause.

DIE STIERs

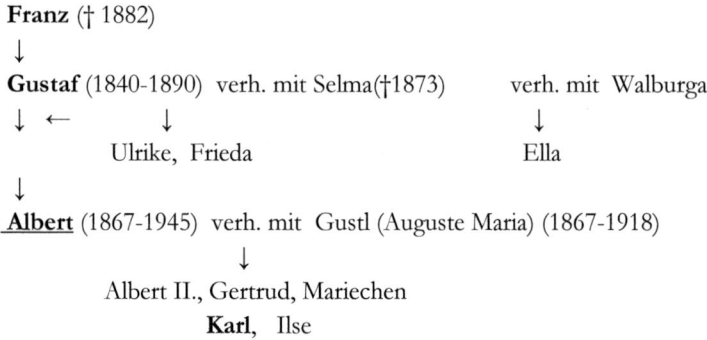

Franz († 1882)

↓

Gustaf (1840-1890) verh. mit Selma(†1873)   verh. mit Walburga

↓ ←   ↓   ↓

    Ulrike, Frieda   Ella

↓

Albert (1867-1945) verh. mit Gustl (Auguste Maria) (1867-1918)

↓

        Albert II., Gertrud, Mariechen

            Karl, Ilse

Daten zur Wirtschaftsgeschichte des Fleischerhandwerkes im ersten
Viertel des zwanzigsten Jahrhunderts sind dem Buch
„Lebendiges Fleischerhandwerk" von Franz Lerner entnommen.